AF311576

CATALOGUE

DES

LIVRES D'ARCHITECTURE

ET AUTRES

COMPOSANT LA BIBLIOTHÈQUE

DE FEU M. DAVIOUD

Architecte

LA VENTE AURA LIEU

*Les Mardi 8, Mercredi 9 et Jeudi 10 novembre 1881
à 2 heures précises*

Hôtel des Commissaires-Priseurs, rue Drouot

Salle n° 3

Par le ministère de M⁰ **E. LECOCQ**, commissaire-priseur
Rue de la Victoire, 20

PARIS

ADOLPHE LABITTE

LIBRAIRE DE LA BIBLIOTHÈQUE NATIONALE

4, Rue de Lille, 4

—

1881

ADOLPHE LABITTE

LIBRAIRE DE LA BIBLIOTHÈQUE NATIONALE

4, rue de Lille, Paris.

Laborde (Léon de). Documents inédits sur Athènes. In-8, fig.. 6 fr.
— Les Archives de France. In-12...................... 3 fr.
— Glossaire français du moyen âge. In-12................... 4 fr.

Le Roux de Lincy. Notice sur Dom Jacques du Breul. In-8..... 2 fr.
— Recherches sur Jean Grolier. Gr. in-8 et atlas in-folio...... 15 fr.

Lescarbot. Histoire de la Nouvelle-France. Nouvelle édition. 3 vol. petit in-8, avec 4 cartes. *Exemplaire en grand papier de Hollande*................... 36 fr.

Louville. Mémoires secrets sur la succession d'Espagne. 2 volumes in-8...................... 4 fr.

Lydus. Liber de Ostensis, gr. et lat. edidit Hase. In-8......... 3 fr.

Margry. Les Navigations françaises. In-8. *Exemplaire en papier de Hollande*................... 20 fr.

Meraugis de Portlesguez. Roman de la Table ronde, par Raoul de Houdenc. In-8, avec 19 gravures en bois, chaque page entourée d'un filet rouge. *Papier vélin Whatman* (format jésus)............ 30 fr.

Michelant (H.). Inventaire des vaisselles, joyaux... livres et manuscrits de Marguerite d'Autriche. 2 brochures in-8.......... 6 fr.

Orléans (Charles d'). Poésies, publiées par Champollion-Figeac. In-8. *Exemplaire en grand papier*...................... 6 fr.

Pauthier (G.). Les Iles ioniennes. In-8, br.................. 2 fr.

Poésies gasconnes. Nouvelle édition, publiée par M. Taillade. Paris,

2 vol. in-8. *Exemplaire en grand papier vergé de Hollande*.. 20 fr.

Rondeaux d'amour (Cent cinq). In-8...................... 20 fr.

Rossignol. Les Métaux dans l'antiquité. In-8................. 5 fr.

Rossignol. Des services que peut rendre l'archéologie aux études classiques. In-8, br....... 10 fr.

Ruble (A. de). Le Mariage de Jeanne D'Albret. In-8, portrait.. 7 fr. 50
— *Papier vélin*........ 12 fr.

Sagard. Histoire du Canada. 4 vol. in-8, br. *Exemplaire en grand papier de Hollande*.......... 48 fr.
— Le Grand Voyage du pays des Hurons. 2 vol. in-8. *Exemplaire en grand papier de Hollande.* 24 fr.

Saint-Allais. Nobiliaire universel de France. 20 tomes en 10 volumes in-8...................... 100 fr.

Saint-Martin. Nouvelles Recherches sur la mort d'Alexandre. In-8, pap. vél.................... 2 fr.

Sieurin (J.). Manuel de l'amateur d'illustrations. In-8........ 12 fr.
— *Grand papier de Holl.* 24 fr.

Silvestre. Marques typographiques des libraires et imprimeurs français. 2 vol. in-8.......... 64 fr.

Treitzsaurwein. Der Weiss Kunig. In-fol. br. 8 pl............ 15 fr.

Typus mundi in quo ejus calamitates necnon divini humanique amoriantipathia olim proposita a R. R. C. S. I. A. *Dilingæ, Bencart,* 1697. In-12, br. figures........ 10 fr.

Vathek. Conte oriental (par Beckford)...................... 20 fr.

Viator. De Artificiali Perspectiva. 2 parties in-fol. goth...... 25 fr.

Tables des prix de vente et des noms d'auteurs des bibliothèques : Brunet, Potier, J. Pichon, Ruggieri, Émile Gautier, Lebeuf de Montgermont, Turner et Ambroise Firmin-Didot. In-8, chaque .... 2 fr. 50

Paris. — Typ. G. Chamerot, 19, rue des Saints-Pères. — 11604.

CATALOGUE

DES LIVRES

D'ARCHITECTURE

ET AUTRES

COMPOSANT LA BIBLIOTHÈQUE

DE FEU M. DAVIOUD

ARCHITECTE

———

ARCHITECTURE

———

I. DICTIONNAIRES. — HISTOIRE. — ENCYCLOPÉDIES ET JOURNAUX. — TRAITÉS ÉLEMENTAIRES.

1. DICTIONNAIRE raisonné de l'architecture française du XIe au XVIe siècle, par M. E. Viollet-le-Duc. *Paris, B. Bance*, 1854-68, 10 vol. in-8, figures, demi-rel. mar. vert, tête jasp. ébarb.

Cet ouvrage complet contient plus de 800 mots ou articles, et environ 4,000 gravures sur bois, intercalées dans le texte. Tous ces motifs sont l'œuvre de M. Viollet-le-Duc, qui les a lui-même dessinés sur le bois.
Bel exemplaire.

2. DICTIONNAIRE RAISONNÉ DU MOBILIER FRANÇAIS de l'époque carlovingienne à la Renaissance, par M. E. Viollet-le-Duc. *Paris, Bance*, 1868-75, 6 vol. in-8, figures, demi-rel. chagr. rouge, tr. jasp.

Cet ouvrage se compose de : 1er et 2e vol. meubles, ustensiles, orfévrerie, instruments de musique, jeux et passe-temps utiles. — 3e et 4e vol.

Vêtements, bijoux, objets de toilette. — 5ᵉ et 6ᵉ vol. Armes offensives et
défensives.
  Ces six volumes contiennent 2,958 pages de texte, 2,024 gravures sur bois
dans le texte, 20 gravures sur acier, 58 gravures sur bois tirées hors texte
et 43 chromolithographies.

3. Dictionnaire des termes employés dans la construction, par Pierre Chabat. *Paris, Vᵛᵉ A. Morel*, 1875, 2 vol. gr. in-8, texte à 2 col. nombr.
   vignettes, demi-rel. chagr. la Vall. tête rouge,
   ébarb.

4. Des Principes de l'architecture, de la sculpture,
   de la peinture et des autres arts qui en dépendent. Avec un dictionnaire des termes propres à
   chacun de ces arts, par M. Félibien. *A Paris,
   chez la Vᵛᵉ de Jean-Baptiste Coigniard*, 1697,
   in-4, front. et figures, v. ant.

5. Essai sur l'architecture. *A Paris, chez Duchesne*,
   1753, in-12, v. antiq. marbr.

6. Mémoires sur les objets les plus importants de
   l'architecture, par M. Patte, architecte de S. A. S.
   Mᵍʳ le Prince Palatin. *Paris, Rozet*, 1769, in-4,
   planches gravées, demi-rel. v. f.

7. Encyclopédie méthodique. — Architecture, par
   M. Quatremère de Quincy. *A Paris, chez Panckoucke*, 1788-1825, 3 vol. in-4, texte à 2 col.
   demi-rel. v. fauv. tr. r.

8. Du Génie de l'architecture, ouvrage ayant pour
   but de rendre cet art accessible au sentiment
   commun en le rappelant à son origine, à ses propriétés, à son génie, etc., et contenant 60 tableaux dessinés et gravés avec soin par J.-A.
   Caussin. *Paris, impr. de Firm.-Didot*, 1822, in-4,
   planches, cart. n. rog.

9. Histoire de l'architecture de Th. Hope, traduite
   de l'anglais par A. Baron. *Paris, Fl. Le Roy*,
   1858, in-8, nombr. planches gravées au trait,
   demi-rel. bas. bl.

10. Histoire générale de l'architecture, par Daniel Ramée. *Paris, Amyot,* 1860, 2 vol. in-8, figures, demi-rel. mar. rouge, tête jasp. ébarb.

Annotations au crayon.

11. Histoire de l'art monumental dans l'antiquité et au moyen âge, suivie d'un traité de la peinture sur verre, par L. Batissier. *Paris, Furne,* 1860, gr. in-8, nombr. figures noires et en coul. demi-rel. chag. rouge, tête jasp. ébarb.

12. Architecture, sculpture, peinture. — Histoire de l'art, par William Reymond. *Paris, Germer Baillière, s. d.,* in-8, figures dans le texte, demi-rel. v. gris, tr. peign.

13. Histoire de l'architecture en Belgique, par A.-G.-B. Schayes. *Bruxelles, Ajamar, s. d.,* 2 vol. in-12, figures, demi-rel. v. brun, tr. peign.

14. Du Diplôme d'architecte, par Adolphe Lance. *Paris, librairie d'architecture de Bance,* 1855, in-8 de 54 pp. cart.

15. C. Gramm. L'Architecte, pour les amis des Beaux-Arts. *Frankfurt am Main,* 1854, in-fol. titre, 2 pages de texte en allemand, 25 planches en couleurs, demi-rel. chagr. vert.

16. Du Style gothique au dix-neuvième siècle, par E. Viollet-le-Duc. *Paris, Victor Didron,* 1846, in-4 de 31 pp. cart.

17. Esthétique nombrée, application de l'équation du beau à l'analyse harmonique de l'architecture nouvelle, par M. Edouard Lagout. *Paris, L. Hachette,* 1863, gr. in-8, figures, texte à 2 col. cart.

Extrait de *l'Annuaire encyclopédique.*

18. Introduction au cours d'histoire comparée de l'architecture, par Émile Boutmy. *Paris, A. Morel, s. d.,* in-8 de 83 pages, demi-rel. v.

19. Revue générale de l'architecture et des travaux publics. — Journal des architectes, des ingénieurs, des archéologues, des industriels et des propriétaires, publié sous la direction de M. César Daly, architecte. *Paris, Ducher*, 1840-79, 36 vol. gr. in-4, texte à 2 col. nombr. planches noires et en couleurs, demi-rel. v.

20. Gazette des architectes et du bâtiment; Revue bi-mensuelle publiée sous la direction de M. E. Viollet-le-Duc fils et M. E. Corroyer, architectes. *Paris, A. Morel*, 1863-70, 7 vol. gr. in-4. — Étude sur l'exposition universelle de 1867. *Paris, A. Morel, s. d.*, in-4. Ens. 8 vol. nombr. planches gravées, demi-rel. v. f. tr. jasp.

21. Paris-Architecte. Revue mensuelle illustrée, dirigée par E.-F. Le Preux, architecte. *Paris*, janvier 1865, n° 1 au 1ᵉʳ mai 1869, in-4, texte à 2 col. gravures montées sur onglets, demi-rel. v. f.

22. Le Moniteur des architectes. Revue mensuelle de l'art architectural ancien et moderne. *Paris, A. Lévy*, 1866-79; 13 vol. gr. in-4, texte à 2 col. nombr. planches noires et en couleurs, demi-rel. chagr. vert.

23. Encyclopédie d'architecture, revue mensuelle des travaux publics et particuliers. — 2ᵉ série, publiée sous la direction d'un comité d'architectes et d'ingénieurs. *Paris, A. Morel*, 1872-79, 8 vol. gr. in-4, nombr. planches gravées, demi-rel. mar. la Vall. tr. sup. dor. ébarb.

24. Croquis d'architecture intime. — Club. — Publication mensuelle de 1866 à 1878, environ 500 planches in-fol.

25. A. Fabre et L. de Vesly. — L'Architecture au Salon, art antique, moyen âge, renaissance, projets, compositions, concours, revue annuelle des œuvres exposées dans la section d'architecture. *Paris, A. Lévy,* 1872, in-folio, nombr. planches montées sur onglet, demi-rel. avec coins, **mar.** roug. tête dor. ébarb.

Première année.

26. Société centrale des architectes. *Paris, au siège de la Société,* 1871-73, 3 vol. in-8, demi-rel. vélin, tr. jasp.

Bulletin de 1871 à 1873.

27. Société impériale et centrale des architectes. — Conférence internationale. *Paris, E. Thurot,* 1867, in-8, demi-rel. v. rose, tr. jasp.

28. Ministère d'État. Note, circulaires et rapports sur le service de la conservation des monuments historiques. *Paris, Imprimerie impériale,* 1862, in-4, demi-rel. mar. noir, tr. supér. dor. éb.

29. ARCHIVES DE LA COMMISSION DES MONUMENTS HISTORIQUES, publiées par ordre de Son Excellence M. Achille Fould, ministre d'État. *Paris, Gide et J. Baudry,* 1855-72, 4 vol. in-folio, grand papier, figures, demi-rel. avec coins mar. bleu, doré en tête, ébarb.

Tome Ier, Architecture antique et religieuse.
Tome IIe, Architecture religieuse, épiscopale et monastique.
Tome IIIe, Architecture militaire.
Tome IVe, Architecture civile.
Bel exemplaire, les planches sont sur papier blanc et montées sur onglets.
Édition du gouvernement.

30. Société centrale des architectes. Annales, 1er volume, année 1874. — Congrès des architectes français, première session (1873). Comptes rendus et mémoires. *Paris, Ducher,* 1875, gr. in-8, figures, demi-rel. avec coins mar. viol. tr. supér. dor. éb.

31. Département de la Seine. Ville de Paris. Direction des travaux. Notes du directeur à l'appui du

budget de l'exercice 1872. *Paris, impr. Vve Poi-tevin*, 1871, in-4, demi-rel. v. vert, tr. jasp.

32. Lettres adressées d'Allemagne à M. Adolphe Lance, architecte, par M. Viollet-le-Duc. *Paris, B. Bance*, 1856, in-8 de 101 pages, demi-rel. chagr. viol. tr. supér. dor. éb.

En tête de cet exemplaire est placée une lettre autographe signée de M. Prosper Mérimée adressée à M. Viollet-le-Duc.

33. Excursion en Italie, par Adolphe Lance. *Paris, Vve Morel*, 1873, in-8, figures, demi-rel. avec coins, mar. r. tête dor. ébarb.

Ouvrage orné de 15 eaux-fortes par L. Gaucherel.

34. Notes de voyage d'un architecte dans le nord-ouest de l'Europe, par Félix Narjoux. Croquis et descriptions. *Paris, Vve Morel*, 1876, gr. in-8, demi-rel. mar. rouge jans. tr. supér. dor. éb.

467 pages de texte et 214 figures intercalées dans le texte ou tirées à part sur papier teinté.

---

35. Regola delli cinque ordini d'architettura, di M. Jacomo Barozzio da Vignola. *S. l. n. d.* (1563), in-fol., planches gravées, mar. vert, dos orné, fil. tr. sup. dor. (*Champs.*)

Première édition de l'œuvre de Vignolle. *S. l. n. d.* Cet exemplaire possède 36 planches numérotées, sans y comprendre les 13 planches de supplément.
Bel exemplaire.

36. Traicté des cinq ordres d'architecture desquels se sont seruy les anciens. Traduit du Palladio, augmenté de nouuelles inuentions pour l'art de bien bastir, par le sieur Le Muet. *A Paris, chez Pierre Mariette*, 1647, pet. in-4, texte, frontisp. et figures gravés, v. écail. fil. dent. int. tr. dor. (*Raparlier.*)

37. Ordonnance des cinq espèces de colonnes selon la méthode des anciens, par M. Perrault, de l'Académie royale des Sciences, docteur en mé-decine de la Faculté de Paris. *A Paris, chez*

J.-Bapt. Coignard, 1683, in-fol. planches gravées, v. gran.

38. Traité des manières de dessiner les ordres de l'architecture antique en toutes leurs parties avec plusieurs belles particularitez qui n'ont point paru jusques à présent touchant les bastiments de marque, etc., par A. Bosse. *Paris, chez Pierre Audouin, Pierre Emery et Ch. Clousier* (1684), in-fol. planches gravées, v. gran.

39. Vignole. — Les cinq ordres d'architecture, par Détournelle. (*Paris, imprimerie de Ducessois*), *s. d.*, in-4, 11 pages de texte et 21 planches gravées au trait, demi-rel. v. f. tr. jasp.

40. Règles des cinq ordres d'architecture de Jacques Barrozzio de Vignole, nouvelle édition; on y a joint un essai sur les mêmes ordres, suivant le sentiment des plus célèbres architectes; le tout enrichi de vignettes et cartels dessinés et gravés par Babel. *A Paris, chez Jacques Chereau*, 1747, in-8, titre, texte et figures gravés, mar. r. fil. tr. dor.

41. Reigles des cinq ordres d'architecture de M. Jacques Barozzio de Vignole, avec une augmentation nouvelle de Michel-Angelo Bonaroti et autres. *A Paris, chez N.-J.-B. de Poilly, s. d.*, in-12, titre, texte et figures gravés, cart.

42. Cours d'architecture enseigné dans l'Académie royale d'architecture, par M. François Blondel. *A Paris, de l'imprimerie de Lambert Roulland*, 1675, 2 vol. in-fol. nombr. figures dans le texte, demi-rel. bas.

43. Cours d'architecture qui comprend les ordres de Vignole, avec des commentaires, les figures et les descriptions de ses plus beaux bastimens et de ceux de Michel Ange, l'art de bastir par le sieur C. A. d'Aviler. Nouvelle édition, enrichie de nouvelles planches, par Pierre-Jean Mariette. *A Paris, chez Charles-Antoine Jombert*, 1760, in-4, frontisp. et figures, v. ant.

44. Cours d'architecture, ou Traité de la décoration, distribution et construction des bâtiments, par J.-F. Blondel, architecte. *Paris, Desaint*, 1771, 6 vol. in-8 de texte et 3 vol. gr. in-8 de planches. Ens. 9 vol. v. marbr.

45. Traité théorique et pratique de l'art de bâtir, par Jean Rondelet, architecte. *A Paris, chez Firmin-Didot frères*, 1842-47, 6 vol. in-4, cart. tête jasp. et 2 vol. in-fol. de planches.

46. Traité d'architecture, par Léonce Reynaud. — Éléments des édifices. *Paris, Carilian-Gœury et V^{or} Dalmont*, 1850, 2 vol. in-4 de texte, demi-rel. chagr. rouge, tr. jasp.

47. L'Architecture et la construction pratiques, mises à la portée des gens du monde, des élèves, et de tous ceux qui veulent faire bâtir, par Daniel Ramée. *Paris, Firmin-Didot frères*, 1868, in-8, nombr. figures dans le texte, demi-rel. v. vert, tr. jasp.

48. L'Architecture et la construction pratiques, mises à la portée des gens du monde, des élèves, et de tous ceux qui veulent faire bâtir, par Daniel Ramée. *Paris, Firmin-Didot frères*, 1871, in-8, figures dans le texte, demi-rel. chagr. viol. tr. jasp.

49. Précis des leçons d'architecture données à l'École polytechnique, par J.-N.-L. Durand, architecte et professeur d'architecture. *A Paris, chez l'auteur, à l'École polytechnique*, 1809, in-4, nombr. planches, demi-rel. v. brun, tr. jasp.

50. Cahiers d'instructions sur l'architecture, la sculpture, les meubles, les armes, les ustensiles

et la musique de l'antiquité et du moyen âge,
publiées par le Comité historique des arts et monuments. *Paris, Librairie archéologique de Ch.
Baudry,* 1846, pet. in-4, nombr. figures interc.
dans le texte, demi-rel. chagr. vert, tr. jasp.

51. Enseignement de l'architecture, par Théodore
Lachez. *Paris, A. Lévy fils,* 1868, in-8, demi-
rel. v. tr. jasp.

52. Éléments d'architecture. — Dessins linéaires
tirés des monuments et des auteurs classiques à
l'usage de l'enseignement scolaire, par F.-G.
Marie, architecte. *Paris, Dunod,* 1875, in-4, br.
texte et 26 planches gravées.

II. VIES ET ÉLOGES DES ARCHITECTES.

53. Vies des architectes anciens et modernes qui
se sont rendus célèbres chez les différentes nations, traduites de l'italien par M. Pingeron. *A
Paris, chez Cl.-Ant. Jombert,* 1771, 2 vol. in-12,
v. antiq. marbr. fil.

54. Histoire de la vie et des ouvrages des plus célèbres architectes du xie siècle jusqu'à la fin du
xviiie siècle, accompagnée de la vue du plus
remarquable édifice de chacun d'eux, par
M. Quatremère de Quincy. *Paris, Jules Renouard,* 1830, 2 vol. in-8, figures, demi-rel. mar.
la Vall. tête dor. ébarb.

55. Notice historique sur la vie artistique et les
ouvrages de quelques architectes français du sei-
zième siècle, représentant les principaux édifices
qu'ils ont construits, par Callet père, architecte.
Paris, chez l'auteur, 1843, gr. in-8, planches
gravées au trait, demi-rel. mar. la Vall. jans.
tr. dor.

56. Les Grands Architectes de la Renaissance : P.

Lescot, Ph. de L'Orme, J. Goujon, **J. Bullant**, les Du Cerceau, etc., d'après de nombreux documents, par Ad. Berty. *Paris, Aubry,* 1860, pet. in-8, chagr. rouge, fil. tête rouge, éb.

57. Dictionnaire des architectes français, par Adolphe Lance. *Paris, Vve A. Morel,* 1872, 2 vol. gr. in-8, demi-rel. avec coins mar. la Vall.

58. Abel Blouet. — Étude, par Achille Hermant. *Paris, de Lacroix-Comon,* 1857, in-8 de 32 pp. cart.

59. Funérailles de Félix Duban, architecte du gouvernement, rédigé sur l'invitation de la commission générale des funérailles et du monument de Félix Duban, par César Daly. *Paris, Ducher,* 1871. — Académie des Beaux-Arts. Éloge de Duban, par M. Beulé. *Paris, Firmin-Didot fr.,* 1872. — Académie des Beaux-Arts. Notice sur la vie et les ouvrages de M. Duban, par M. Questel. *Paris, Firmin-Didot fr., s. d.* — Notice des dessins de Félix-Jacques Duban exposés à l'École nationale et spéciale des Beaux-Arts. *Paris, Ad. Lainé, s. d.* Ens. 4 brochures in-8, reliées en 1 vol. demi-rel. chagr. noir.

60. Société centrale des architectes. — Notice sur la vie et les œuvres de Léon Vaudoyer, architecte, membre de l'Institut, par G. Davioud, architecte. *Paris, au siège de la Société,* 1873, in-8 de 15 pp. br.

61. Adolphe Lance, sa vie, ses œuvres, son tombeau. *Paris, Vve A. Morel,* 1875, in-8 de 45 pp. figures gravées à l'eau-forte par Gaucherel, demi-rel. v. violet, tr. jasp.

62. Monument à élever à la mémoire de Henry Espérandieu, architecte. Discours prononcé par M. H. Tournaire, premier adjoint au maire de Marseille, le 22 août 1875. *Marseille, Barlatier-Feissat père et fils,* 1876, in-8 de 15 pp. cart.

63. Souvenirs biographiques. — Ch. Rohault de
Fleury. *Paris,* 1877, in-4 de 12 pp. portrait,
cart.

64. Institut de France : Académie des Beaux-Arts.
— Notice sur M. Gilbert, par M. Abadie. — No-
tice historique sur la vie et les ouvrages de
M. Le Bas, par M. L. Vaudoyer. — Éloge de
M. Hittorff, par M. Beulé. — L'École de Percier,
par M. Baltard. — Éloge de Duban, par M. Beulé.
— Notice sur la vie et les ouvrages d'Augustin
Caristie, par M. Baltard. — Notice sur la vie et
les ouvrages de M. Henri Labrouste, par M. le
vicomte Henri Delaborde, in-4 de 23 pp. *Paris,*
Firmin-Didot, 1868-78. Ens. 7 plaquettes in-4
cart.

III. ARCHITECTES ANCIENS ET MODERNES.

65. Architecture, ou Art de bien bastir, de Marc-
Vitruue Pollion, autheur romain antique, mis de
latin en françois par Jean Martin. *A Paris, chez*
Jacques Cazeau, 1547, in-fol. figures dans le
texte, demi-rel. v. br. tr. jasp.

65 *bis.* Architecture, ou Art de bien bastir, de Marc-
Vitruve Pollion, mis de latin en françois, par
Jean Martin, secretaire de monseigneur le cardi-
nal de Lenoncourt. *A Cologne, par Jean de*
Tournes, 1618, in-4, figures, parch. ant.

66. Abrégé des dix livres d'architecture de Vitruve.
A Paris, chez Jean-Baptiste Coignard, 1684,
in-12, figures, v. brun, fil. dent. int. tr. dor.

67. Les Dix Livres d'architecture de Vitruve, cor-
rigez et traduits nouvellement en françois, avec
des notes et des figures. Seconde édition, revue,
corrigée et augmentée par M. Perrault, de l'Académie royalle des Sciences, docteur en médecine
de la Faculté de Paris. *A Paris, chez J.-Bapt.*

Coignard, 1684, in-folio, planches gravées par Le Clerc, G. Edelinck, Tournier, etc., v. gran.

68. Album de Villard de Honnecourt, architecte du XIIIe siècle, manuscrit publié en fac-similé annoté, précédé de considérations sur la renaissance de l'art français au XIXe siècle et suivi d'un glossaire, par J.-B.-A. Lassus, architecte, ouvrage mis au jour après la mort de M. Lassus et conformément à ses manuscrits, par M. Alfred Darcel. *Paris, Imprimerie impériale* (J.-F. Delion), 1858, gr. in-4, papier de Hollande, portrait de M. de Lassus et 64 planches sur chine, demi-rel. avec coins, mar. rouge, dos orné, fil. tr. supér. dor. éb.

69. L'Architecture et art de bien bastir, du seigneur Léon-Baptiste Albert, gentilhomme florentin, diuisée en dix liures, traduicts de latin en françois par deffunct Jean Martin, Parisien. *A Paris, par Jacques Keruer*, 1553, in-folio, figures dans le texte, mar. r. fil. dent. int. (*Raparlier.*)

Très rogné en tête.

70. Le Premier (et Second) Livre des nouvelles inventions pour bien bastir et à petitz frais, trouuees n'agueres, par M. Philibert de Lorme, Lyonnois, architecte, conseiller et aulmonier ordinaire du feu Roy Henry, et abbé de Sainct-Eloy-lez-Noyon. (*Paris*, 1561), 2 parties en 1 vol. in-fol. vélin blanc, comp. tr. dor.

Il manque le titre de l'ouvrage.

71. Architecture de Philibert de l'Orme, conseiller et aumosnier ordinaire du Roy, et abbé de Sainct-Serge-les-Angers. OEuvre entière contenant onze livres, augmentées de deux; et autres figures non encores vues, tant pour desseins qu'ornemens de maisons; avec une belle invention pour bien bastir et à petits frais. *A Paris, chez Regnauld*

Chaudière, 1626, in-fol. nombr. figures dans le
texte, bas. marbr.

72. Architettura di Sebastiano Serlio Bolognese. *In
Venetia, appresso Francesco de Franceschi Se-
nese,* 1584, 2 parties en 1 vol. in-4, figures, bas.
fauve.

73. Variæ architecturæ formæ : a Joanne Vrede-
manni Vriesio magno artis huius studiosorum
commodo inventæ. *Antverpiæ excudebat Th. Gal-
læus,* 1601, in-4, obl. 49 planches de Th. Galle,
demi-rel. v. brun.

74. Architectura. — La haulte et fameuse science
consistante en cinq manières d'édifices ou fabriques, etc., par Jean Vredeman Frison et son fils
Paul Vredeman Frison. *S. l. n. d.,* in-4 obl. v.
fauve, fil.

Titre et 30 planches par Henric Mondius.

75. Livre d'architecture de Jaques Androuet du Cerceau, contenant les plans et desseings de cin-
quante bastimens tous différens : pour instruire
ceux qui désirent bastir, soyent de petit, moyen,
ou grand estat. *A Paris, chez Jean Berjon, im-
primeur et libraire,* 1611, in-fol. 16 feuillets de
texte et 62 planches gravées. — Livre d'architecture de Jaques Androuet du Cerceau auquel sont
contenues diverses ordonnances de plans et ele-
vations de bastimens pour seigneurs, gentils-
hommes, et autres qui voudront bastir aux
champs, etc. *A Paris, pour Jaq. Androuet du
Cerceau,* 1582, in-fol. 26 feuillets de texte et 52
planches. Ens. 2 ouvr. en 1 vol. parch. antiq.

76. L'Idea della architettura universale ..... divisa
en X libri, di Vincenzo Scamozzi, architetto ve-
neto. *Venetiis, an.* 1615, 2 vol. in-fol. figures, v.
antiq.

77. OEuvres d'architecture de Vincent Scamozzi,

architecte de la république de Venise. *Paris, Jombert,* 1764, in-8, frontispice et figures gravées, v. ant. marbr.

78. Le Fabbriche e i disegni di Andrea Palladio raccolti ed illustrati da Ottavio Bertotti Scamozzi. *In Vicenza, per Giovanni Rossi,* 1776-86, 4 tomes en 2 vol. gr. in-fol. nombr. planches gravées, v. jasp. tr. rouge.

79. I Quattro Libri dell' architettura di Andrea Palladio, ne' quali, dopo un breve Trattato di cinque ordini et di quelli avertimenti, che sono più necessarii nel fabricare, si tratta delle case private, delle vie, dei ponti, delle piazze, de i xisti, et de' tempij. *In Venetia, appresso Bartolomeo Carampello,* 1616, 4 parties en 1 vol. pet. in-fol. nombr. figures dans le texte, demi-rel. bas.

80. Les Bâtimens et les desseins de André Palladio, recueillis et illustrés par Octave Bertotti Scamozzi. *A Vicence, chez Jean Rossi,* 1796, 4 vol. in-4, planches. — Les Thermes des Romains, dessinés par André Palladio, et publiés de nouveau avec quelques observations, par Octave Bertotti Scamozzi. *A Vicence,* 1797, in-4, planches. Ens. 5 vol. pet. in-4, demi-rel. bas.

81. Livre d'architecture contenant plusieurs portiques de différentes inventions sur les cinq ordres de colonnes, par Alexandre Francine, Florentin, ingénieur ordinaire du Roy. *A Paris, chez Melchior Tavernier,* 1640, in-fol. 40 planches gravées, vélin antiq.

82. Livre d'architecture d'autels et de cheminées, dédié à monseigneur l'Éminentissime cardinal duc de Richelieu, de l'invention et dessein de J. Barbet. *A Paris,* 1641, in-4, 24 planches gravées à l'eau-forte, demi-rel. mar. brun.

83. Manière de bien bastir pour toutes sortes de
    personnes, par Pierre Le Muet, architecte ordi-
    naire du Roy, revue, augmentée et enrichie en
    cette seconde édition de plusieurs figures, de
    beaux bastiments et édifices de l'invention et
    conduitte dudit sieur Le Muet, et autres. *A Pa-
    ris, chez François Langlois dict Chartres*, 1647,
    2 parties en 1 vol. in-fol. figures dans le texte et
    planches gravées, v. jasp. fil. tr. dor. (*Raparlier.*)

84. Manière de bien bastir pour toutes sortes de
    personnes, par Pierre Le Muet, architecte ordi-
    naire du Roy. *S. l. n. d.*, in-fol., planches gravées,
    v. marbr.

Exemplaire incomplet du titre et de quelques pages.

85. Livres de cheminées à l'antique, dessinées et
    gravées par J. Marot. 21 pièces réunies en 1 vol.
    in-4, cart.

Épreuves anciennes.

86. Recueil élémentaire d'architecture composé par
    le sieur de Neufforge, architecte. *Paris*, 1757-
    1768. 8 parties en 4 vol. in-fol. — Supplément
    à ce recueil. 2 vol. in-fol. Ens. 6 vol. in-fol.
    nombr. planches gravées, demi-rel. bas. non
    rognées.

87. Architecture moderne, ou l'Art de bien bâtir
    pour toutes sortes de personnes, divisée en six
    livres, par Ch.-Ant. Jombert. *Paris, l'auteur*,
    1764, 2 vol. in-4, frontispices et planches gravées,
    demi-rel. chagr. bl. tr. peign.

88. Recueil d'esquisses d'architecture représentant
    plusieurs monuments de composition, dont partie
    sont construits par le sieur de la Guepière, di-
    recteur et ordonnateur général des bâtiments et
    jardins de S. A. S. Mgr le Duc de Wirtemberg. *A
    Stuttgard, chez l'auteur, de l'imprimerie de Cotta,
    s. d.*, gr. in-fol. 56 planches montées sur onglets,
    demi-rel. v. tr. dor.

IV. ARCHITECTURE ANCIENNE.

89. Parallèle de l'architecture antique et de la moderne avec un recueil des dix principaux au-
theurs qui ont écrit des cinq ordres, etc., par
Roland Fréart, S* de Chambray. *A Paris, de
l'imprimerie d'Edme Martin*, 1650, pet. in-fol.
figures gravées, v. antiq. fil.

90. Parallèle de l'architecture antique avec la moderne, suivant les dix principaux auteurs qui ont
écrit sur les cinq ordres, par MM. Errard et de
Chambray. Nouvelle édition, augmentée des pié-
destaux pour les cinq ordres suivant les mêmes
auteurs, et du parallèle de M. Errard avec M. Perrault, par Charles-Antoine Jombert. *A Paris,
chez l'auteur*, 1766, pet. in-4, frontisp. et figures,
v. aut.

91. Remarques sur l'architecture des anciens, par
M. Winckelmann. *A Paris, chez Barrois l'aîné*,
1783, in-8, figure, demi-rel. v. f. tr. jasp.

92. Persepolis illustrata : or, the ancient and royal
Palace of Persepolis in Persia destroyed by
Alexander the Great, about two thousand years
ago; with particular remarks concerning that
Palace, and an account of the ancient authors,
who have wrote thereupon, illustrated and descri-
bed in twenty one copper-plates. *London*, 1739,
in-fol. planches, demi-rel. v. antiq.

93. Collection des exemples les plus estimés des
portes monumentales de la Grèce et de l'Italie,
mesurées et dessinées exprès pour cet ouvrage,
précédée d'un essai sur les usages des anciens,
concernant les portes monumentales, etc., par
Thomas Leverton Donalson, architecte, publié
par Thiollet et Édouard Simon, d'après l'ouvrage
anglais publié à Londres en 1833. *Paris, Bance,*

1837, in-4, planches gravées au trait, demi-rel.
v. f.

94. Expédition scientifique de Morée, ordonnée
par le gouvernement français. — Architecture,
sculptures, inscriptions et vues du Péloponnèse,
des Cyclades et de l'Attique, mesurées, dessinées,
recueillies et publiées par Abel Blouet, architecte.
Paris, chez Firmin-Didot frères, 1831-38, 3 vol.
gr. in-fol. nombr. planches gravées, demi-rel.
chagr. rouge, dor. en tête, ébarb.

95. Les Antiquités d'Athènes, mesurées et dessinées par J. Stuart et N. Revett, peintres et architectes, ouvrage traduit de l'anglais et publié par
C.-P. Landon. *A Paris, de l'imprimerie de Firmin-Didot,* 1808, 4 tomes en 2 vol. in-fol.
nombr. planches gravées, montées sur onglets,
demi-rel. mar. brun, tr. supér. dor. éb.

96. Restitution du temple d'Empédocle à Sélinonte,
ou l'Architecture polychrome chez les Grecs, par
J-J. Hittorff, architecte. *Paris, Firmin-Didot
frères,* 1851, texte in-4 et atlas in-fol. 25 planch.
color. montées sur ongl. demi-rel. mar. tête dor.
ébarb.

97. Étude des dimensions du temple que Ptolémée
Philadelphe a fait construire sur le cap Zéphy-
rium, près d'Alexandrie d'Égypte, en l'honneur
de Vénus Arsinoé, par M. Aurès. *Paris, Didier,
s. d.,* in-8 de 15 pp. figures, demi-rel. v. fauv.
tr. jasp.

Extrait de la *Revue archéologique.*

98. L'Art de bâtir chez les Romains, par Auguste
Choisy. *Paris, Ducher,* 1873, in-folio, figures
dans le texte et 24 planches montées sur onglets,
demi-rel. mar. vert, tête dor. ébarb.

99. Libro d'Antonio Labacco, appartenente a l'Architettura nel qual si figurano alcune notabili an-

tiquità di Roma. *S. l. n. d.*, titre et 29 planches gravées, dérelié.

100. Les Édifices antiques de Rome, mesurés et dessinés très-exactement sur les lieux, par feu M. Desgodetz, architecte du Roi. *A Paris, chez Cl.-Ant. Jombert, de l'imprimerie de Monsieur,* 1779, in-fol. 137 planches gravées, demi-rel. v. f. tr. r.

101. Roma antica descritta da Antonio Nibby. *Roma,* 1838. 2 vol. pet. in-4, planches gravées, demi-rel. chagr. noir, tr. jasp.

102. Plan et coupe d'une partie du Forum romain et des monuments sur la voie Sacrée indiquant les fouilles qui ont été faites dans cette partie de Rome depuis l'an 1809 jusqu'en 1819, dessinés et publiés par Aug. Caristie, architecte, *Paris, typographie de Firm.-Didot fr.,* 1821, gr. in-fol. 7 grandes planches pliées, cart.

103. The Archæology of Rome, by John Henry Parker. *Oxford-London,* 1874-1876, 3 vol. in-8, figures, cart.

104. Étude des dimensions du grand temple de Pæstum, au double point de vue de l'architecture et de la métrologie, par A. Aurès. *Paris, J. Baudry,* 1868, in-4 et atlas in-folio reliés ensemble, texte et planches mont. sur onglet, demi-rel. v. fauve, ébarb.

105. Le Palais de Scaurus, ou description d'une maison romaine, fragment d'un voyage de Mérovir à Rome vers la fin de la république, par F. Mazois, précédé d'une notice biographique par M. Varcollier. *Paris, Firmin-Didot frères, fils,* 1859, in-8, figures gravées, demi-rel. mar. bleu jans. doré en tête, ébarb.

106. Abécédaire ou Rudiment d'archéologie, par

M. A. de Caumont. — Ère gallo-romaine, architecture religieuse, civile et militaire. *Caen,
F. Leblanc-Hardel*, 1870, 3 vol. in-8, nombr.
vignettes dans le texte, demi-rel. chagr. viol. tr.
supér. dor. éb.

107. Les Arènes de Lutèce, conférence de M. Ruprich-Robert, architecte, à la session de 1873 du
congrès des architectes français. *Paris, Ducher,*
1875, in-4, 39 pages de texte et 4 planches gravées, demi-rel. v. f.

Extrait des *Annales de la Société centrale des architectes.*

108. Monuments antiques à Orange, arc de triomphe et théâtre, publiés par Auguste Caristie, architecte. *Paris, Firmin-Didot frères et fils*, 1856,
gr. in-fol. frontisp. nombr. planches noires et en
coul. montées sur onglets, demi-rel. mar. rouge,
tête dor. ébarb.

V. ARCHITECTURE AU MOYEN AGE.

109. Études pratiques tirées de l'architecture du
moyen âge en Europe, par M. Thomas H. King,
architecte à Bruges, avec un texte historique et
descriptif, par George J. Hill. *Bruges, Londres
et Paris*, 1857, 2 vol. gr. in-4, 100 planches gravées à l'eau-forte sur cuivre, demi-rel. mar. noir,
tête rouge, éb.

110. L'Architecture du v° au xvii° siècle et les arts
qui en dépendent, la sculpture, la peinture mu-
rale, la peinture sur verre, la mosaïque, la fer-
ronnerie, etc., publiées d'après les travaux inédits des principaux architectes français et étran-
gers, par Jules Gailhabaud. *Paris, Gide*, 1858,
4 vol. in-4, nombr. planches gravées, montées
sur onglets, demi-rel. chagr. rouge, non rognés.

111. Étude sur les monuments de l'architecture

militaire des Croisés en Syrie et dans l'île de Chypre, par G. Rey. *Paris, Imprimerie nationale,* 1871, in-4, nombr. figures dans le texte et 24 planches pliées, montées sur onglets, demi-rel. mar. la Vall. tête dor. ébarb.

112. Historical and descriptive Essays accompanying a series of engraved specimens of the architectural antiquities of Normandy, edited by John Britton. The subjects measured and drawn by Aug. Pugin, architect and engraved by John and Henry Le Keux. *London*, 1841, in-4, 80 planches, demi-rel. bas.

113. La Toscane au moyen age, lettres sur l'architecture civile et militaire en 1400, par M. Georges Rohault de Fleury. *Paris, A. Morel*, 1874, 2 vol. gr. in-8, nombr. vignettes dans le texte, et 2 atlas in-fol. comprenant 140 planches gravées et montées sur onglets, demi-rel. avec coins, mar. r. jans. tr. sup. dor. ébarb.

VI. MONUMENTS RELIGIEUX. — SÉPULTURES.

114. Monuments de l'architecture chrétienne depuis Constantin jusqu'à Charlemagne et de leur influence sur le style des constructions religieuses aux époques postérieures, par Henri Hulsch, architecte. Ouvrage traduit de l'allemand par M. l'abbé V. Guerber. *Paris, A. Morel*, 1866, gr. in-folio, nombr. planches noires et en coul. montées sur onglets, demi-rel. avec coins, mar. vert, tête dor. ébarb.

115. Manuel d'architecture religieuse au moyen âge, résumé de la doctrine des meilleurs auteurs, par M. J.-F.-A. Peyré, seconde édition, enrichie d'un grand nombre de figures explicatives, par M. Tony Desjardins. *Lyon, librairie de Bauchu,*

1859, pet. in-8, demi-rel. v. fauve, tr. jasp. tr.
peign.

116. De l'Architecture ogivale, architecture natio-
nale et religieuse, par Alfred Darcel. *Paris, impr.
Simon Raçon, s. d.*, gr. in-8 de 16 pp. cart.
Extrait de la *Revue Française.*

117. Les plus Belles Églises du monde, notices historiques et archéologiques sur les temples les plus
célèbres de la chrétienté, par M. l'abbé J.-J. Bou-
rassé. Illustrations d'après Karl Girardet. *Tours,
Alfr. Mame et fils*, 1867, in-8, figures, demi-rel.
v. f. tr. jasp.

118. Mémoire sur l'origine, le développement et les
progrès du symbolisme des monuments religieux
des premiers temps de l'ère chrétienne au xiie siècle, et sur les causes qui, à cette dernière époque,
en modifièrent si puissamment l'iconographie,
par M. l'abbé Auber, chanoine de l'église de Poitiers. *Chartres, imprimerie de Ed. Garnier, s. d.*,
in-8 de 16 pp. cart.

119. Il Tempio Vaticano e sua origine descritta dal
caval. Carlo Fontana, opera divisa in setta libri.
In Roma, 1694, in-fol. planches gravées, bas.

120. Le Vatican et la basilique de Saint-Pierre de
Rome, par Paul Letarouilly, auteur des Édifices
de Rome moderne. Monographie mise en ordre
et complétée par M. Alphonse Simil, architecte.
Paris, Vve A. Morel, s. d., 5 livraisons, gr. in-
folio de 121 planches noires et chromo, en
feuilles.

121. Étude sur la stabilité de la coupole projetée
par Bramante pour la basilique de Saint-Pierre
de Rome, par M. Alfred Durand-Claye, ingénieur.
— Étude faite pour l'ouvrage, les projets primi-
mitifs pour la basilique de Saint-Pierre de Rome,

par le baron Henry de Geymüller, architecte.
Paris, J. Baudry, 1879, in-4 de 16 pages, texte à
2 colonnes et figures, plans, br.

122. Le Latran au moyen âge, par G. Rohault de
Fleury. *Paris, A. Morel*, 1877, gr. in-8 de texte
et atlas in-fol. composé de 67 planches gravées
par l'auteur, demi-rel. avec coins mar. r. tr. sup.
dor. ébarbé.

123. L'Augusta Ducale Basilica dell' Evangelista
san Marco nell' inclita dominante di Venezia colle
notizie del suo innalzamento, sua architettura,
musaici, reliqui, e preziosità che in essa si con-
tengono, arricchite di alcune annotazioni, e ador-
nati di varie favole in rame dissegnati da celebre
architetto ed incise da perito artifice. *In Venezia*,
1761, gr. in-fol. portrait et 8 grandes planches
pliées, demi-rel. bas. rouge.

124. Tempio di S. Maria del Fiore. 17 planches
gravées, in-fol. demi-rel. bas. verte.

125. Album des plans de l'église Notre-Dame de
Paris, par Émile Leconte. *S. l. n. d.*, in-folio, 56
planches noires et en coul. demi-rel. chagr. viol.
ébarb.

126. Histoire archéologique, descriptive et gra-
phique de la Sainte-Chapelle du palais, par
MM. Decloux et Doury, architecte et peintre.
Paris, A. Morel, 1865, in-folio, 25 planches
noires et en couleurs, montées sur onglet, demi-
rel. avec coins, cuir de Russie, tête dor. ébarb.

127. Préfecture du département de la Seine. —
Rapport sur l'isolement de la Sainte-Chapelle.
Paris, Vinchon, 1849, in-4, 3 cartes, demi-rel.
v. rose.

128. Église Saint-Eustache, à Paris, mesurée, dessinée, gravée et publiée par Victor Calliat, archi-

tecte, avec un essai historique sur l'église et la
paroisse Saint-Eustache, par Le Roux de Lincy.
Paris, Bance, 1850, in-folio, 10 planches gravées au trait et montées sur onglets, demi-rel.
chagr. vert, ébarb.

129. Saint-Eustache. — Histoire et visite de l'église,
par l'abbé Kœnig, vicaire. *Paris, impr. des ap-
prentis-orphelins Roussel,* 1878, in-8, 3 eaux-
fortes, br.

130. L'Église et le monastère du Val-de-Grâce,
1645-1665, par V. Ruprich-Robert, architecte
du gouvernement. *Paris, Vve A. Morel,* 1875,
in-4, 15 planches gravées, montées sur onglets,
demi-rel. mar. bleu, tr. sup. dor. éb.

131. Description de l'église royale des Invalides.
A Paris, de l'imprimerie de Jacq. Quillau, 1706,
in-fol. texte encadré de bordures gravées, lettres
ornées, vignettes et culs-de-lampe, bas. bleue,
comp. tr. marbr.

132. Monographie de l'église Saint-Ambroise, érigée
par la ville de Paris. — M. Ballu, architecte de la
ville de Paris, membre de l'Institut. *Paris, Ducher,* 1874, in-fol. 24 planches gravées, montées
sur onglets, cart.

133. Archéologie des monuments religieux de l'ancien Beauvoisis pendant la métamorphose romaine, composée : 1° d'un texte, précédé d'une
introduction historique, et dont la partie descriptive est rédigée conformément aux instructions du comité des arts et monuments; 2° d'une
carte archéologique et de 129 planches comprenant plus de 1200 sujets; par le Dr Eug.-J. Woillez. *Paris, Derache,* 1839-49, in-folio, planches
noires et en couleurs, demi-rel. avec coins, mar.
vert, tête dor. ébarb.

134. Vues pittoresques des cathédrales d'Amiens,

de Paris, d'Orléans, de Reims, de Strasbourg, de Sens, d'Auxerre, de Chartres, d'Arles, d'Albi, de Dijon, d'Autun, de Senlis, avec des détails remarquables sur ces monuments, dessinés, lithographiés et publiés par Chapuy, avec un texte historique et descriptif, par F.-T. de Jolimont. *Paris, Leblanc*, 1824-1831, 13 parties en 1 vol. gr. in-4, nombr. planches lithogr. demi-rel. chagr. vert, tr. jasp.

135. L'Architecture byzantine en France. — Saint-Front de Périgueux et les églises à coupoles de l'Aquitaine, par M. Félix de Verneilh. *Paris, V. Didron*, 1851, in-4, planches gravées, demi-rel. mar. rouge, tr. supér. dor. éb.

136. Album de l'église de Brou, érigée à Bourg-en-Bresse de 1505 à 1536, par Ét. Millet. *A Bourg, au bureau du Journal de l'Ain*, 1863, in-4 de 8 pp. de texte et de 6 dessins à 2 teintes, par Deroy et Jichot. — Procès-verbal de la reconnaissance des sépultures : 1° de Marguerite de Bourbon, duchesse de Savoie; 2° de Philibert le Beau, duc de Savoie; 3° de Marguerite d'Autriche, sa femme; et de la translation dans de nouveaux cercueils des restes mortels des deux princesses. *Bourg-en-Bresse, imprimerie de Millet-Bottier*, 1861, in-4 de 8 pp. texte à 2 col. Ens. 2 ouvr. en 1 vol. in-4, demi-rel. v. noir, tr. peign.

137. Description historique et archéologique de l'église Notre-Dame de Caudebec-en-Caux, par l'abbé Sauvage. *Caudebec et Rouen, s. d.*, in-16, figures et plan, demi-rel. v. f. tr. jasp.

138. Notice sur l'église métropolitaine de Sainte-Marie d'Auch. *S. l. n. d.*, in-fol. 39 planches montées sur onglets, demi-rel. chagr. vert, ébarb.

139. Églises de bourgs et villages, par A. de Beaudot, architecte. *Paris, A. Morel*, 1867, 2 vol.

in-4, nombr. figures gravées, montées sur onglets,
demi-rel. mar. bleu, tète dor. ébarb.

150 planches et un texte illustré.

140. Rabelais et l'architecture de la Renaissance,
restitution de l'abbaye de Thélème, par Ch. Lenormant. *A Paris, chez J. Crozet (de l'impr. de
Crapelet)*, 1849, in-8 de 35 pages, 2 planches,
demi-rel. v. viol.

141. Description de l'abbaye du Mont-Saint-Michel
et de ses abords, précédée d'une notice historique, par Édouard Corroyer, architecte du gouvernement. *Paris, Dumoulin*, 1877, in-8, nombr.
figures et plans, demi-rel. mar. la Vall. tète dor.
ébarb.

142. Monasticon Gallicanum. Collection de 168
planches de vues topographiques, représentant
les monastères de l'ordre de Saint-Benoît, con-
grégation de Saint-Maur avec 2 cartes des établissements bénédictins en France, le tout reproduit
par les soins de M. Peigné-Delacourt, avec une
préface par M. Léopold Delisle. *Paris, Victor
Palmé*, 1871, 2 vol. in-4, nombr. planches
montées sur onglets, cart.

143. Les Temples et églises circulaires d'Angle-
terre, précédé d'un essai sur l'histoire de ces monuments, par Ch. Lucas, architecte. *Paris, Ern.
Thorin*, 1871, in-8 de 44 pages, demi-rel. chagr.
brun.

Extrait de la *Revue de l'art chrétien*.

144. Monographie de la cathédrale d'Orviéto, par
MM. Benois, Resanoff et Krakau, architectes.
Paris, Vve A. Morel, 1876, 3 premières livraisons en feuilles, 30 planches, dont 11 en chromo
et 19 en taille-douce.

145. Archéologie chrétienne primitive. — Les

Nouvelles Études sur les catacombes romaines, histoire, peintures, symboles, par le comte Desbassayns de Richemont, précédées d'une lettre par M. le chevalier de Rossi. *Paris, librairie Poussielgue frères*, 1870, in-8, demi-rel. v. bleu, tr. peign.

146. Principaux Monuments funéraires des cimetières de Paris, gravés au burin par MM. Durau, Nyon jeune et autres, avec l'indication du nom de la famille à laquelle chacun appartient, etc. *Paris, Milan*, 1830, in-4, 12 pages de texte, 11 planches contenant 23 sujets gravés, demi-rel. v. gris.

147. Architecture funéraire contemporaine. — Spécimens de tombeaux, chapelles funéraires, mausolées, sarcophages, stèles, pierres tombales, croix, etc., choisis principalement dans les cimetières de Paris, et exprimant les trois idées radicales de l'architecture funéraire : la Mort; — l'Hommage rendu au mort; — l'Invocation religieuse à propos du mort; par M. César Daly, architecte. *Paris, Ducher*, 1871, in-folio, nombr. figures gravées, montées sur onglet, demi-rel. avec coins mar. rouge, tête dor. ébarb.

148. Tombeau de François premier, dédié et présenté à Son Excellence monseigneur le maréchal duc de Feltre, pair de France et ministre de la guerre, dessiné, publié et gravé par E.-F. Imbard, architecte. *Paris, P. Didot l'aîné*, 1817, in-folio, 20 planches gravées au trait, cart. n. rog.

149. Tombeaux de la cathédrale de Rouen, par A. Deville. *Rouen, Nicétas Periaux*, 1833, gr. in-8, figures, demi-rel. v. viol. n. rog.

VII. ARCHITECTURE CIVILE. — MONUMENTS DE
DIFFÉRENTS PAYS. — MONUMENTS DE DIFFÉRENTS
GENRES.

150. Fragments d'architecture. Égypte, Grèce, Rome, Moyen Age, Renaissance, Age moderne, etc.,
avec notices descriptives, par P. Chabat, architecte. *Paris, A. Morel,* 1868, in-fol. nombr.
planches montées sur onglets, demi-rel. v. bleu,
tête dor. ébarb.

151. Monuments anciens et modernes, collection
formant une histoire de l'architecture des différents peuples à toutes les époques, publiée par
Jules Gailhabaud avec la collaboratton des principaux archéologues. *Paris, Firmin-Didot frères,*
1850, 4 vol. in-4, nombr. figures montées sur
onglet, demi-rel. mar. bleu, tête dor. ébarb.

152. Guide du voyageur dans la France monumentale. Itinéraire contenant la description archéologique de tous les monuments appartenant à l'ère
celtique, à l'époque romaine ou gallo-romaine et
au moyen âge jusqu'à la Renaissance, etc., par
Richard et E. Hocquart. *Paris, L. Maison, s. d.,*
pet. in-8, texte à 2 col. demi-rel. v. f.

153. Architecture romane du midi de la France,
dessinée, mesurée et décrite par M. Henry Revoil.
Paris, A. Morel, 1873, 3 vol. in-folio avec gravures intercalées dans le texte explicatif et 221
planches gravées et montées sur onglets, demi-
rel. avec coins mar. brun, tr. sup. dor. éb.

154. Architecture civile et domestique au moyen
âge et à la Renaissance, dessinée et décrite par
Aymar Verdier, architecte du gouvernement, et
par le Dr F. Cattois. *Paris, V^{or} Didion,* 1855,
2 vol. in-4, nombr. planches gravées, demi-rel.
chagr. vert, tr. jasp.

155. La Renaissance monumentale en France, spécimens de composition et d'ornementation archi-
tectonique empruntés aux édifices construits
depuis le règne de Charles VIII jusqu'à celui de
Louis XIV, par Adolphe Berty. *Paris, A. Morel,*
1864, 2 tomes en 1 vol. in-4, avec 100 planches,
gravées, montées sur onglets, demi-rel. mar.
rouge, tr. supér. dor. éb.

156. Le Premier (et le Second) Volume des plus
excellents bastiments de France, par Jacques Androuet du Cerceau, architecte. *A Paris, pour le
dit Jacques Androuet du Cerceau,* 1576, 2 tomes
en 1 vol. gr. in-fol. 112 planches, demi-rel. bas.

Tome Ier, 8 pages de texte y compris le titre et 65 planches.
Tome IIe, 8 pages de texte y compris le titre et 47 planches.
Quelques-unes de ces planches sont doublées ou ont quelques raccomo-
dages, piqûres de vers.
Cet exemplaire est court de marge.

157. Les plus Excellents Bastiments de France,
par J.-A. du Cerceau, sous la direction de M. H.
Destailleurs, architecte du gouvernement, gravés en fac-similé par M. Faure Dujarric, architecte, nouvelle édition augmentée de planches
inédites de Du Cerceau. *Paris, A. Lévy (impr.
J. Claye),* 1868-1870, 2 vol. in-fol. nombr. pl.
gravées, demi-rel. mar. noir, tr. supér. dor. éb.
Les planches sont montées sur onglets.

158. Dessins de plusieurs palais, plans et élévations
en perspective géométrique, ensemble les profils
élevez sur les plans, le tout dessiné et inventé
par Anthoine Le Paultre, architecte et ingénieur
ordinaire des bastimens du Roy. *S. l. n. d.,* pet.
in-fol. v. marbr.

Recueil de 51 planches pliées montées sur onglets.

159. Palais, Chateaux, Hôtels et Maisons de
France du XVe au XVIIIe siècle, par Claude Sauvageot, dessinateur et graveur. *Paris, A. Morel,*
1867, 4 vol. gr. in-4, planches gravées, montées

sur onglets, demi-rel. mar. bleu jans. tr. supér.
dor. éb.

Très-bel exemplaire.

160. L'Architecture françoise, ou Recueil des plans,
élévations, coupes et profils des églises, palais,
hôtels et maisons particulières de Paris, et des
châteaux et maisons de campagne ou de plaisance
des environs, et de plusieurs autres endroits de
France bastis nouvellement par les plus habiles
architectes, et levés et mesurés exactement sur
les lieux. *A Paris, chez Jean Mariette*, 1727, in-
folio, nombr. planches gravées, v. ant.

226 planches, par J. Marot.
Reliure très-fatiguée.

161. RECUEIL de plans, élévations, coupes et profils
d'hôtels, de maisons particulières et de châteaux
des environs de Paris et de plusieurs autres endroits de France, etc., par J. Mariette, environ
120 planches gravées et montées sur onglets,
réunies en 1 vol. in-fol. dérelié.

162. ARCHITECTURE FRANÇOISE, ou Recueil des
plans, élévations, coupes et profils des églises,
maisons royales, palais, hôtels et édifices les plus
considérables de Paris, etc., avec la description
de ces édifices, par Jacq.-François Blondel, professeur d'architecture. *Paris, Ch.-Ant. Jombert*,
1752, 4 vol. in-fol. demi-rel. bas.

Ouvrage enrichi de 599 planches en taille-douce.

163. Recueil des plans, profils et élévations de plusieurs palais, chasteaux, églises, sépultures,
grotes et hôtels bâtis dans Paris et aux environs,
avec beaucoup de magnificence, par les meilleurs
architectes du royaume, dessignez, mesurés et
gravez par Jean Marot, architecte parisien. *S. l.
n. d.*, in-4, figures, mar. r. fil. dent. int. tr. dor.

164. J. Marot et fils. L'Architecture française, ou
Recueil des plans, etc., des églises, palais, hôtels

et maisons particulières de Paris. *S. l. n. d.*, recueil de 173 planches gravées, réunies en 1 vol. in-fol. v. gran.

165. L'Architecture privée au xix⁰ siècle. Nouvelles Maisons de Paris et des environs, par César Daly. — 1ʳᵉ série. Hôtels privés, maisons à loyer, villas et habitations de campagne. *Paris, Morel*, 1864, 3 vol. in-fol. — 2ᵉ série. Décorations extérieures et intérieures des établissements de commerce et des habitations avec leurs dépendances diverses de ville et de campagne; villas, chalets, jardins et leurs dépendances diverses; décorations intérieures. *Paris, Ducher*, 1872. 3 vol. in-fol. Ens. 6 vol. in-fol. nombr. planches gravées, montées sur onglets, demi-rel. mar. vert. tr. supér. dor. ébarb.

166. Choix d'édifices publics projetés et construits en France depuis le commencement du xix⁰ siècle; publié avec l'autorisation du ministre de l'intérieur, par MM. Gourlier, Biet, Grillon et feu Tardieu, architectes. *Paris, Louis Colas*, 1825-50, 3 vol. in-folio, nombr. planches, demi-rel. mar. vert, ébarb.

167. Résidences de souverains. Parallèle entre plusieurs résidences de souverains de France, d'Allemagne, de Suède, de Russie, d'Espagne et d'Italie, par C. Percier et P.-F.-L. Fontaine. *Paris, Jules Didot l'aîné*, 1833, in-4, cart. toile.

168. Plans de plusieurs châteaux, palais et résidences de souverains de France, d'Italie, d'Espagne et de Russie, dessinés sur une même échelle pour être comparés. *S. l. n. d.*, in-folio, 38 planches gravées, cart. ébarb.

169. Description de Paris et de ses édifices, par J.-G. Legrand, architecte des monuments publics et par C.-P. Landon, peintre. *A Paris, chez Treut-*

tei et Wurtz, 1818, 2 vol. in-8, nombr. planches gravées, bas. rac. dent. tr. marbr.

170. STATISTIQUE MONUMENTALE DE PARIS, publiée par les soins du ministre de l'instruction publique. — Cartes, plans et dessins, par Albert Lenoir, architecte. *Paris, Imprimerie impériale,* 1867. — Explication des planches in-4 et 2 atlas gr. in-folio contenant 270 pl. montées sur ongl. demi-rel. avec coins mar. rouge du Levant, tête dor. ébarb.

171. PARALLÈLE DES MAISONS DE PARIS, construites depuis 1830 jusqu'à nos jours, dessiné et publié par Victor Calliat, architecte. — 1re partie. *Paris, B. Bance,* 1850, in-folio de 126 planches, demi-cart. toile, ébarb. — 2e partie. *Paris, A. Morel,* 1864, in-fol. 120 planches gravées, montées sur onglets, demi-rel. chagr. bleu, tr. supér. dor. éb. — Ens. 2 vol. in-fol.

172. Hôtel-de-ville de Paris, mesuré, dessiné, gravé et publié par Victor Calliat, architecte, avec une histoire de ce monument et des recherches sur le gouvernement municipal de Paris, par Le Roux de Lincy. *Paris, Carilian-Gœury et Victor Dalmont,* 1844, in-fol. et supplément, nombr. pl. mont. sur ongl. demi-rel. avec coins mar. rouge du Levant, tête dor. ébarb.

46 planches gravées représentant les plans, façades, coupe et détail de construction.
Le supplément est relié avec le volume.

173. Mémoire à l'appui du projet de reconstruction de l'Hôtel-de-Ville de Paris, présenté au concours par J.-A.-G. Davioud, architecte. *Paris, typogr. de G. Chamerot,* 1873, br. in-4 de 16 pages.

174. Le Louvre (par L. Vitet). *S. l. n. d. (Paris, impr. de E. Brière),* in-8 de 86 pages, demi-rel. mar. rouge, tr. jasp.

175. Arc de triomphe des Tuileries, érigé en 1806, d'après les dessins et sous la direction de MM. C. Percier et P.-F.-L. Fontaine, architectes, dessiné, gravé et publié par Normand fils, avec un texte explicatif, par M. Brès. *Paris, s. d.,* in-folio, 27 planches gravées, montées sur onglet, demi-rel. bas. rouge, tête jasp. ébarb.

176. La Colonne de la grande armée d'Austerlitz ou de la Victoire, monument triomphal érigé en bronze sur la place Vendôme à Paris; description accompagnée de 36 planches, par Ambr. Tardieu. *Paris, Ambr. Tardieu, graveur,* 1822, in-4, demi-rel. chagr. vert, tr. jasp.

177. Le Palais du Luxembourg. Origine et description de cet édifice, principaux évènements dont il a été le théâtre depuis sa fondation jusqu'en 1845, par M. Alph. de Gisors. *Paris, Plon fr.,* 1847, gr. in-8, gravure hors texte, demi-rel. v. dos orné, tr. jasp.

178. Palais de Justice. Rapport à M. le comte de Chabrol sur les constructions et améliorations faites dans ce monument pendant son administration, par M. A. Peyre. *Paris, imprimerie de Vve Agasse,* 1828, in-4 de 15 pp., figure et plan. cart.

179. Documents relatifs aux travaux du palais de Justice de Paris et à la reconstruction de la Préfecture de police. *Paris, Charles de Mourgues frères,* 1858, texte in-4 et gr. in-fol. de 34 planches, br.

180. Paris. Monuments élevés par la ville. 1850-1880, ouvrage publié par Félix Narjoux, architecte. — Édifices judiciaires. *Paris, A. Morel,* 1880, in-fol. texte et 32 planches gravées, en feuilles dans un carton.

181. Mémoire sur la bibliothèque royale où l'on

indique les mesures à prendre pour la transférer dans un bâtiment circulaire, d'une forme nouvelle, qui serait construit au centre de la place du Carrousel ; cette bibliothèque contiendrait 800,000 volumes, elle serait incombustible, d'un service et d'une surveillance facile (par Benjamin Delessert, député, membre de l'Institut). *Paris, imprimerie de Henri Dupuy*, 1835, in-4 de 14 pp. — Second mémoire sur la Bibliothèque royale, sur l'emplacement où elle pourrait être construite et sur la meilleure disposition à donner aux grandes bibliothèques publiques (par le même). *Paris, Amédée Gratiot*, 1838. in-4 de 10 pp. Ens. 2 ouvrages réunis en 1 vol. in-4, planches cart.

182. Description générale de l'Hostel royal des Invalides établi par Louis le Grand dans la plaine de Grenelle près Paris, avec les plans, profils et élévations de ses faces, coupes et appartemens. *A Paris, chez l'auteur, dans l'Hostel royal des Invalides*, 1683, in-fol., 18 grandes planches pliées, montées sur onglets, gravées par J. Marot, v. jasp. tr. r.

183. Monumens érigés en France à la gloire de Louis XV, précédés d'un tableau du progrès des arts et des sciences sous ce règne, ainsi que d'une description des honneurs et des monumens de gloire accordés aux grands hommes, tant chez les anciens que chez les modernes, et suivis d'un choix des principaux projets qui ont été proposés, pour placer la statue du Roi dans les différents quartiers de Paris, par M. Patte, architecte. *Paris, chez Rozet*, 1767, in-fol., planches demi-rel. v.

Ouvrage enrichi de 57 planches gravées en taille-douce.

184. Notice sur le monument érigé à Paris par souscription à la gloire de Molière, suivie de pièces justificatives et de la liste générale des

souscripteurs. *Paris, Perrotin*, 1844, in-8, figures, demi-rel. v. fauv. tr. jasp.

185. Mémoire sur la nécessité de transférer et de
reconstruire l'Hôtel-Dieu de Paris (avec deux
plans proposés par le sieur Poyet, architecte,
contrôleur des bâtiments de la ville). *S. l. n. d.*,
in-4 de 44 pp., plan. cart.

186. Agrandissement et construction des Halles
centrales d'approvisionnements. Rapport fait au
Conseil municipal dans sa séance du 28 février
1845 au nom de la commission. *Paris, Vinchon*,
1845, in-4. — Halles centrales de Paris de l'état
actuel, par M. Senard. — Les Halles centrales.
Projet adressé à la commission municipale de
Paris, par M. Félix Pigeory, architecte. — Nouveau Projet des Halles centrales dans la Cité avec
création d'un beau quartier sur l'emplacement
des Halles actuelles, par MM. Roze. *Paris*, 1853.
Ens. 4 ouvr. en 1 vol. in-4 avec plans, demi-rel.
v. bleu.

187. Monographie des Halles centrales, construites
sous le règne de Napoléon III et sous l'administration de M. le baron Haussmann, par V. Baltard, membre de l'Institut, et feu F. Callet, architecte. *Paris, Ducher*, 1872, gr. in-fol., 35 planches gravées montées sur ongl., demi-rel. mar.
noir, dor. en tête, ébarb.

188. Plan, coupe, élévation et détails du nouveau
marché Saint-Germain, J.-B. Blondel architecte.
A Paris, chez Dusillon, 1816, in-folio de
11 planches, gravées au trait, demi-cart. bas.
ébarb.

189. Le Château du bois de Boulogne dit château
de Madrid, étude sur les arts au XVIe siècle, par
le comte de Laborde. *Paris, chez Dumoulin*,

1835, gr. in-8 de 80 pp., demi-rel. v. fauv. tr.
jasp.

Ouvrage tiré à très-petit nombre.

190. Nouvelle Forme architecturale, composée par
M. Boileau. architecte. Exposé, notes et appré-
ciations. *Paris*, 1853. — Projet de salles d'expositions pour les produits des arts et de l'industrie,
par M. Hector Horeau. *Paris*, 1835-36. — L'Architecture et l'industrie comme moyen de perfection sociale. par Amédée Couder. *Paris*, 1844. —
Observations sur la colonnade du Louvre, par
O.-A. Rondelet, architecte. *Paris*, 1856. — Recherches expérimentales sur la peinture à l'huile,
par M. E. Chevreul. *Paris, Firmin Didot frères*,
1850. Ens. 5 ouvrages réunis en 1 vol. in-4,
nombr. planches, demi-rel. mar. r. tête jasp.
ébarb.

191. Commission impériale. Rapport sur l'Exposition universelle de 1867 à Paris. Précis des opérations et liste des collaborateurs, avec un appendice sur l'avenir des expositions, la statistique des
opérations, les documents officiels et le plan de
l'exposition. *Paris, Imprimerie impériale*, 1869,
gr. in-8, demi-rel. mar. r. tr. peign.

192. Voyage pittoresque des environs de Paris, ou
description des maisons royales. châteaux et
autres lieux de plaisance, situés à quinze lieues
aux environs de cette ville, par M. D***, Dargen-
ville, Dezaillier fils. Nouvelle édition. *A Paris,
chez De Bure*, 1762, in-12, frontisp. v. ant.

193. Note sur le monument des sources de la Seine
lue à la Société parisienne d'archéologie et d'histoire, par Charles Lucas, architecte. *Paris, Firmin-Didot frères*, 1869, in-8 de 36 pp., figures,
demi-rel. v. brun, tr. jasp.

194. Nouvelle Description des châteaux et parcs de

Versailles et de Marly : contenant une explication historique de toutes les peintures, tableaux, statues, vases et ornements qui s'y voient, leurs dimensions, et les noms des peintres, des sculpteurs et des graveurs qui les ont faits, par M. Piganiol de la Force. *A Paris, chez Desprez et Cavelier,* 1751, 2 vol. in-12, figures, v. ant.

195. Album complet des monuments, architectures, bassins, statues, vases, groupes et bronzes, des châteaux et parcs de Versailles. *Versailles,* 1837, in-4 obl., 40 planches lithographiées, cart.

196. Château de Marly-le-Roy construit en 1776, détruit en 1798, dessiné et gravé d'après les documents puisés à la Bibliothèque impériale et aux Archives, avec texte par Aug.-Alex. Guillaumot. *Paris, A. Morel,* 1865, gr. in-folio, nombr. figures gravées, montées sur onglets, demi-rel. mar. viol. tête dor. ébarb.

197. Monographie de Chevreuse. Étude archéologique, par Claude Sauvageot. *Paris Vve A. Morel,* 1874, gr. in-4, comprenant 6 feuilles de texte explicatif illustré de 23 gravures sur bois et 26 planches gravées par Cl. Sauvageot, montées sur onglets, demi-rel. mar. rouge, tr. supér. dor. éb.

198. Description du château de Pierrefonds, par M. Viollet-le-Duc. *Paris, A. Morel,* 1865, in-8 de 48 pp., figures, demi-rel. v. vert, tr. jasp.

199. Château de Ruel. Six vues, par F. de Wit. *S. l. n. d.,* in-4 obl. demi-rel. v. f.

Ces dessins, exécutés par Fr. de Witt, sont extraits d'un ouvrage bien plus important de cet artiste. Elles sont marquées de D 1 à D 6.

Voici les titres de ces vues : 1° vue du château de Ruel du côté du jardin ; 2°, vue en face de la grande cascade du jardin de Ruel ; 3°, vue de l'étang ; 4°, vue du jet d'eau du Dragon au bout du parterre du château ; 5°, vue du bout du canal de la grotte du jardin de Ruel ; 6, vue d'un grand escalier.

Cette jolie suite de vues se distingue par une grande finesse d'exécution.

La plupart des sites qu'elles représentent n'existent plus aujourd'hui, ce qui leur donne un véritable intérêt.

200. Monographie du château de Fontainebleau, dessinée et gravée par M. Rodolphe Pfnor, accompagnée d'un texte historique et descriptif, par M. Champollion-Figeac. *Paris, A. Morel,* 1863, 2 vol. in-folio contenant 150 planches dont 5 en chromolith., et d'un texte illustré, montées sur onglets, demi-rel. mar. gren. tr. supér. dor. ébarbé.

201. Description historique des maisons de Rouen, les plus remarquables par leur décoration exté‑ rieure et par leur ancienneté, dans laquelle on a fait entrer les édifices civils et religieux devenus propriétés particulières, par E. Delaquerière. *Rouen, imprimé chez Nicétas Périaux,* 1841, in-8, figures, demi-rel. v. f. tr. jasp.

Tome deuxième.

202. Comptes de dépenses de la construction du château de Gaillon, publiés d'après les registres manuscrits des trésoriers du cardinal d'Amboise, par A. Deville. *Paris, Imprimerie nationale,* 1850, in-4, cart. et atlas in-fol. en feuilles.

De la collection des *Documents inédits sur l'histoire de France.*

203. Le Château de Chambord, par L. de la Saus- saye. *Blois, chez tous les libraires,* 1847, in-12 de 85 pp. figures, demi-rel. v. vert, tr. jasp.

204. Le Château de Chambord, par L. de la Saus- saye. *Blois,* 1857, in-12, fig. demi-rel. cuir de Russie, tr. jasp.

205. Description du château d'Anet. *A Chartres, chez la V*ᵉ *Fr. Le Tellier,* 1776, in-12, titre et 104 pages, mar. rouge, fil. gardes en papier dorés, tr. dor. (*Reliure ancienne.*)

206. Histoire et description du château d'Anet

depuis le x⁰ siècle jusqu'à nos jours, précédée
d'une notice sur la ville d'Anet, terminée par un
sommaire chronologique sur tous les seigneurs
qui ont habité le château et sur ses propriétaires
et contenant une étude sur Diane de Poitiers (par
Pierre-Désiré Roussel d'Anet). *Imprimé à Paris,
par D. Jouaust*, 1875, pet. in-fol. planches gravées, planches en chromolith. photographiées,
demi-rel. avec coins mar. la Vall. tête rouge
n. rog.

207. Le Magnifique Chasteau de Richelieu, en général et en particulier, ou les plans, les élévations
et profils généraux et particuliers dudit chasteau
et de ses avenues, basses-cours, anti-cours, cours,
corps de logis, aisles, galleries, escuries, manèges,
jardins, bois, parc et généralement de tous ses
appartemens commencés et achevés, par J. Armand du Plessis, cardinal duc de Richelieu, sous
la conduite de Jacques Le Mercier, architecte du
Roy, gravé et réduit au petit pied, par Jean
Marot, architecte et graveur. *S. l. n. d.*, in-4
obl., titre, dédicace au duc de Richelieu et
de Fronsac, un avis au lecteur et 19 planches
pliées montées sur onglets, v. fauve, fil. tr. dor.
(*Champs.*)

208. Monographie de l'Hôtel-de-Ville de Lyon, res-
tauré sous l'administration de MM. Vaïsse et Che-
vreau, sénateurs, par Tony Desjardins, architecte, accompagné d'un texte historique et
descriptif. *Paris, A. Morel*, 1863, in-folio,
76 planches noires et en couleurs montées sur
onglets, demi-rel. avec coins, chagr. brun, tête
dor. ébarb.

209. Marché couvert à Lyon, par M. Desjardin,
architecte. *Paris, Bance, s. d.* (1862), in-4, texte
et 10 planches grav. demi-rel. chagr. brun.
Extrait de l'*Encyclopédie d'architecture.*

210. Album archéologique et description des monuments historiques du Gard, par MM. **Simon Durant, Henri Durant** et **Eug. Laval.** *Nîmes,* 1853, in-4, 20 planches cart. n. rog.

211. Cité de Carcassonne, par M. Viollet-le-Duc. *Paris, Gide,* 1858, in-8 de 52 pp. plan. demi-rel. v. fauv., tr. jasp.

212. Palais de Longchamp. Documents relatifs aux réclamations de M. Bartholdi (par M. Espérandieu, architecte du Palais de Longchamp). *Marseille, Barlatier-Feissat père et fils,* 1869, gr. in-8 de 16 pp. cart.

213. Architecture italienne septentrionale, ou Édifices publics et particuliers de Turin et de Milan, mesurés et dessinés par F. Callet et J.-B.-C. Lesueur, architectes. *Paris, chez Bance,* 1855, in-fol. 32 planches gravées au trait, demi-rel. v. fauv. tr. roug.

214. Palais, maisons et autres édifices modernes, dessinés à Rome, publiés à Paris l'an VI de la République française (1798). *A Paris, de l'imprimerie de Baudouin,* gr. in-fol., 100 planches noires et en coul. v. marbr. dent. tr. dor.

215. Palazzi di Roma de' più celebri architetti disegnati da Pietro Ferrerio pittore ed architetto. *In Roma,* 2 tomes en 1 vol. in-4 obl. nombr. planches gravées, demi-rel. bas.

216. Le Fontane di Roma nelle piazze e lvoghi publici della città con li loro prospetti come sono al presente disegnate et intagliate da Gio. Battista Faldo. Date in luce con direttione e cura da Gio. Giacomo de Rossi. *In Roma,* 1691, 4 part. en 1 vol. in-4 obl. planches gravées. — Vestigi delle antichità di Roma, Tivoli, Pozzvolo et altri luoghi come si ritrovavano nel secolo XV. *In Roma,*

in-4 obl. 5o planches gravées de Marco Sadeler.
Ens. 2 ouvr. en 1 vol. v. marbr.

217. Choix des plus célèbres maisons de plaisance
de Rome et de ses environs, mesurées et dessinées par Percier et Fontaine. *Paris, imprimerie
de Jules Didot aîné,* 1824, gr. in-fol. 75 planches gravées et montées sur onglets., demi-rel.
mar. vert, tête dor. ébarb.

218. Édifices de Rome moderne, ou recueil des
palais, maisons, églises, couvents et autres monuments publics et particuliers les plus remarquables de la ville de Rome, dessinés, mesurés et
publiés par Paul Le Tarouilly, architecte. *Paris,
Bance,* 1860, 1 vol. in-4 de texte et 3 vol. in-
folio de planches montées sur onglets, demi-rel.
mar. vert, tête dor. ébarb.

219. Architecture toscane, ou Palais, maisons et
autres édifices de la Toscane, mesurés et dessinés
par A. Grandjean de Montigny et A. Famin,
architectes. *A Paris, imprimerie de P. Didot aîné,*
1815, in-folio, 109 planches gravées au trait,
demi-rel. bas. n. rog.

220. Architecture toscane, ou Palais, maisons et
autres édifices de la Toscane, mesurés et dessinés
par A. Grandjean de Montigny et A. Famin,
architectes. Nouvelle édition, augmentée d'un
recueil de 24 planches des plus beaux tombeaux
exécutés en Italie dans les xvᵉ et xviᵉ siècles
d'après les dessins des plus célèbres architectes
et sculpteurs. *A Paris, chez Salomon,* 1846,
in-folio, 133 planches gravées au trait, demi-
cart. toile verte, ébarb.

221. Les Monuments de Pise au moyen âge, par
M. Georges Rohault de Fleury, architecte. *Paris,
A. Morel,* 1866, texte in-4 et atlas in-folio, demi-

rel. et 66 planches montées sur onglets, avec coins, mar. la Vall. dor. en tête, ébarb.

222. Dichiarazione dei disegni del Reale Palazzo di Caserto alle sacre reali Maestà di Carlo re delle Due Sicilie, infante di Spagna, duca di Parma e di Piacenza, gran principe ereditario di Toscana, e di Maria Amalia di Sassonia Regina. *In Napoli, nella regia Stamperia*, 1756, gr. in-fol. 14 planches montées sur onglets, demi-rel. v. marbr. tr. dor.

223. Architecture moderne de la Sicile, ou recueil des plus beaux monuments religieux et des édifices publics et particuliers les plus remarquables de la Sicile, mesurés et dessinés par J.-J. Hittorff et L. Zanth, architectes. *Paris, Paul Renouard*, 1835, in-folio, 75 planches montées sur ongl. demi-rel. mar. viol. tête dor. ébarb.

224. Études architecturales à Londres en 1862, par Émile Trélat. *Paris, imprimerie de Napoléon Chaix*, 1862, in-8 de 74 pp. demi-rel. v. rose, tr. jasp.

225. Architecture suisse, ou Choix de maisons rustiques des Alpes du canton de Berne, par Graffenried et Stürler, architectes. *Berne, J.-J. Burgdorfer*, 1844, in-folio, 32 planches noires et en coul. cart.

226. Monuments d'architecture, de sculpture et de peinture de l'Allemagne, depuis l'établissement du christianisme jusqu'au temps moderne, publiés par Ernest Förster (texte traduit par W. et E. de Suckau). *Paris, A. Morel*, 1859-67, 4 vol. in-4, nombr. figures, demi-rel. chag. vert, tête dor. ébarb.

Ces 4 volumes n'ont rapport qu'à l'architecture.

227. Monographie du château de Heidelberg, dessinée et gravée par Rodolphe Pfnor, accompagnée d'un texte historique et descriptif, par Daniel Ramée. *Paris, A. Morel*, 1859, in-fol. 24 planches gravées sur cuivre et montées sur onglets, demi-rel. mar. rouge, tr. supér. dor. ébarb.

229. Les Habitations ouvrières en tous pays. Situation en 1878, Avenir, par Émile Müller et Émile Cacheux, ingénieurs. *Paris, J. Dejey*, 1879, in-4, 70 planches en feuilles, dans un carton.

230. Département de la Seine. Ville de Paris. Commission des logements insalubres. — Rapport général sur les travaux de la commission pendant les années 1860 et 1861. — Rapport général sur les travaux de la commission pendant les années 1862 à 1865. 2 parties en 1 vol. in-4, demi-rel. v. bleu.

231. The Architecture of country Houses; including designs for cottages farm. houses, and villars, with remarks on interiors, furniture and the best modes of warming and ventilating by A.-J. Downing. *New York*, 1853, in-8, figures, cart.

232. Architektonisches Skizzen-Buch (ou recueil de maisons de campagne, d'ornements, de jardins, de balcons, etc., qui se trouvent à Berlin, à Potsdam et autres lieux). *S. l. n. d.* 100 cahiers in-4 de 6 planches chaque br.

Manque les livraisons 93 et 97.

233. Chemin de fer de l'Ouest. Station de Caen à Cherbourg. Types et état des dépenses de construction. *S. l.*, 1858, in-folio, 4 planches br.

234. Le Théâtre et l'Architecture, par Émile Trélat. *Paris, A. Morel*, 1860, in-8, demi-rel. v. rose, tr. jasp.

235. Del Teatro Olimpico di Andrea Palladio in Vicenza, discorso del signor conte Giovanni Mon-

tenari, Vicentino. *In Padova*, 1749, in-8, portraits et 5 figures, mar. vert, fil. tr. dor. (*Reliure
ancienne.*)

236. Modèles de feux d'artifices et salles de ballets
à l'usage des réjouissances publiques, composés
et gravés par Deneufforge. — Parallèle de plans
des plus belles salles de spectacle d'Italie et de
France, avec des détails des machines théâtrales,
mis au jour par le sieur Dumont, professeur d'architecture. — Mascarade à la grecque. *Parme*,
1771, 10 planches gravées par Benigno Bossi. *S.
l. n. d.* 3 ouvr. en 1 vol. in-fol., 70 planches
gravées, demi-rel. bas.

237. Parallèle de plans des plus belles salles de
spectacles d'Italie et de France avec des détails
des machines théâtrales, mis au jour par le sieur
Dumont, professeur d'architecture. *A Paris,
s. d.*, in-fol. 64 planches gravées par Charpentier, Sellier, Deneufforge, Pouleau et demi-rel.
chagr. la Vall.

238. Parallèle des principaux théâtres modernes de
l'Europe et des machines théâtrales françaises,
allemandes, anglaises, dessins par Clément Con-
tant, architecte, texte par Joseph de Filippi.
Paris, A. Lévy fils, 1860, in-fol. nombr. planches gravées et montées sur onglets, demi-rel.
chagr. roug. tête jasp. ébarb.

239. Architectonographie des théâtres de Paris mis
en parallèle entre eux, recueillis et dessinés à une
échelle commune, par Alexis Donnet et gravés
par J. Orgiazzi. *Paris, chez Orgiazzi*, in-4 oblong,
25 planches gravées, demi-rel. bas.

240. Monographie du nouveau théâtre du Vaude-
ville, érigé par la ville de Paris, sous la direction
de M. A. Magne, architecte. *Paris, Ducher*,
1873, in-fol. 30 planches gravées, montées sur
onglets, demi-rel. chagr. rouge.

241. Études sur les théâtres. Réunion de 5 brochures en 1 vol. in-8, demi-rel. v. br.

Les trois nouveaux théâtres (Châtelet, Lyrique et Gaieté), par Arbelli, br. de 19 pages. — Iconographie de l'Opéra, par Didron aîné. *Paris, Didron*, 1864, in-8, de 56 pages. — Assainissement des théâtres, ventilation, éclairage, chauffage, par le Dr A. Tripier, *Paris, J.-B. Baillière*, 1864, in-8. 36 pages. — Projet d'un Opéra populaire à Paris, par Edm. Vieil. *Paris* 1870, in-8. 14 pages. — Exposé d'études expérimentales faites en construisant une salle théâtrale à Paris, par H. Barthélemy. *Paris*, 1859, in-8, 37 pages.

242. Considérations sur la construction des théâtres à propos de la reconstruction du théâtre des Arts à Rouen, par Louis Sauvageot, architecte de la ville de Rouen. *Paris, Vve A. Morel, s. d.*, gr. in-8 de 55 pp., figures et plans, demi-rel. v. brun, tr. jasp.

Extrait de l'*Encyclopédie d'architecture*.
Exemplaire avec un envoi signé de M. SAUVAGEOT à M. VIOLLET-LE-DUC.

243. Salle de spectacle de Bordeaux, par M. Louis. *Aux dépens de l'auteur, et se trouve à Paris, chez Esprit, libraire*, 1782, gr. in-fol., 22 planches gravées, demi-rel. chagr. bleu.

A la suite de cet ouvrage on a ajouté 12 planches anciennes, plans de héâtres, décorations de fêtes, etc.

244. Parallèle des salles rondes de l'Italie, par Isabelle, architecte. *Paris, A. Lévy*, 1863, in-folio, frontispice chromolith. et 3 planches noires, le tout monté sur ongl. demi-rel. mar. la Vall. tête dor. ébarb.

245. Reconstruction du grand théâtre de Moscou dit Petrovski. Notice descriptive, accompagnée de 20 magnifiques planches en noir, teintées, ornementées et en chromolithographie, par Albert Cavos. *Paris, typographie de Jules Claye*, 1859, in-folio, planches, cart. ébarb.

246. Note sur la ventilation des théâtres, par le docteur A. Tripier. *Paris, J.-B. Baillière et fils*, 1859, in-8 de 12 pp., figures, cart.

Extrait des *Annales d'Hygiène publique et de médecine légale*.

247. Acoustique et optique des salles de réunions

publiques, théâtres et amphithéâtres, spectacles, concerts, etc., suivies d'un projet de salle d'Assemblée constituante pour neuf cents membres, par Théodore Lachèz. *Paris, chez Lemoine*, 1848, in-8, figures, demi-rel. v. fauv. tr. jasp.

248. Les Fontaines de Paris anciennes et nouvelles, les plans indiquant leurs positions dans les différents quartiers et les conduits pour la distribution de leurs eaux. Ouvrage gravé au trait, précédé d'une dissertation sur les eaux de Paris, servant d'introduction, et suivi des descriptions historiques et des notes critiques et littéraires pour chacune des fontaines. *A Paris, chez Bance aîné*, 1828, in-folio, 66 planches gravées, demi-rel. v. bleu, tête dor. ébarb.

249. Perelle. 10 fontaines. *A Paris, chez P. Drevet, s. d.*, 10 pièces remontées en 1 vol. in-8 obl. demi-rel. bas. bl.

250. Muséum d'histoire naturelle. Serres chaudes, galerie de minéralogie, etc., etc., par Ch. Rohault de Fleury fils, architecte. *A Paris, chez l'auteur*, 1844, in-folio de 14 planches gravées au trait, cart.

251. Description, plans et détails des établissements de bienfaisance, crèches, salles d'asile, ouvroirs, bureaux de bienfaisance, par Louis Heuzé. *Paris, Vᵉ Bouchard-Huzard*, 1851, in-4 de 28 pp. figures demi-rel. v. fauv. tr. jasp.

252. Administration générale de l'assistance publique à Paris. — Études sur les hôpitaux considérés sous le rapport de leur construction, de la distribution de leurs bâtiments, de l'ameublement, de l'hygiène et du service des salles de malades, par M. Arm. Husson. *Paris, P. Dupont*, 1862, in-4, figures et 18 planches pliées, demi-rel. mar. la Vall. tr. supér. dor. éb.

253. Étude sur la construction des ambulances tem-
poraires, suivie d'un essai sur l'application des
baraquements à la construction des hôpitaux
civils permanents, par A. Demoget. *Paris, Alf.
Cerf,* 1871, gr. in-8, demi-rel. v. f. tr. jasp.

254. Étude sur les Hôpitaux-baraques, par F.
Jaeger, architecte, chargé de la construction des
baraquements d'ambulance du Luxembourg et
du Jardin des Plantes pendant le siège de Paris
(1870-1871), et E. Sabousang, architecte, précédée
de Considérations sur l'utilité et les avantages
qu'ils présentent au point de vue hygiénique, par
le Dr Ancel Marraud. *Paris, Ducher,* 1872, in-8,
plan. — Projet de création d'un hôpital sur l'eau,
par le docteur Félix Rochard. *Paris, lith. Renou
et Maulde,* 1872, ens. 2 ouv. en 1 vol. in-8, plans,
demi-rel. v. f. tr. jasp.

255. Ministère de l'instruction publique. —
Deuxième série de plans-modèles pour la construction de maisons d'école et de mairies, par
César Pompée, architecte. *Paris, Paul Dupont,*
1873, in-8 de 7 pp. 25 planches pliées, montées
sur onglets, demi-rel. v. br. tr. jasp.

256. Construction et installation des écoles pri-
maires, par Félix Narjoux, architecte, concours
ouvert en 1872. *Paris, A. Morel,* 1873, in-8,
figures dans le texte, demi-rel. v. f.

257. Rapports à M. le comte de Montalivet, pair
de France, ministre secrétaire d'État au département de l'Intérieur, sur les pénitenciers des États-
Unis, par M. Demetz et par M. Abel Blouet. *Paris,
Imprimerie royale,* 1837, petit in-folio, plans,
demi-rel. v. f. tr. jasp.

258. Rapports à M. le comte de Montalivet, pair de
France, ministre secrétaire d'État au département de l'Intérieur, sur les prisons de l'Angle-

terre, de l'Écosse, de la Hollande, de la Belgique
et de la Suisse, par M. L. Moreau-Christophe,
inspecteur général des prisons de France. *Paris,
Imprimerie royale,* 1839, in-4, plans, demi-rel.
bas. bl.

259. Ministère de l'Intérieur. — Instruction et programme pour la construction des maisons d'arrêt
et de justice. — Atlas de plans de prisons cellu-
laires. *Paris,* 1841, in-fol. de 65 pp. plans, demi-
rel. v. bleu, tr. jasp.

260. Projet de prison cellulaire pour 585 condam-
nés, précédé d'observations sur le système péni-
tentiaire, par G.-Abel Blouet, inspecteur général
des bâtiments des prisons de France. *Paris, Firmin-Didot frères,* 1843, petit in-fol. de 40 pp.
plans, demi-rel. v. rose, tr. jasp.

261. Plans des maisons centrales de force et de
correction de l'Empire francais, réunis et réduits
à l'échelle d'un millimètre, avec légende et tableaux du cubage des habitations, par M. Par-
chappe, inspecteur général du service sanitaire
des prisons. *S. l. n. d.* In-4, texte et plans auto-
graphiés, demi-rel. v. f.

262. Concours pour une maison de répression à
Nanterre. — Mémoire descriptif du projet de
MM. G. Davioud et J. Bourdais, architectes.
Saint-Cloud, 1874, brochure in-4 de 37 pages et
plan.

263. Dispositions générales et particulières relatives
à la construction des prisons suivant le système
cellulaire proposé par M. Normand, inspecteur
général des bâtiments pénitentiaires. — 2ᵉ partie,
notes et croquis recueillis en Belgique et dans
les Pays-Bas. *Paris, Imprimerie nationale,* 1875,
in-4, 6 plans. — Dispositions générales et particulières relatives à la construction des prisons,

suivant le système cellulaire proposé par M. Normand. *Paris, Impr. nationale*, 1875, in-4, 34 pp.
— Ens. 2 ouvr. en 1 vol. demi-rel. v. noire, tr. jasp.

VIII. ARCHITECTURE ORIENTALE.

264. Histoire de l'art judaïque, tirée des textes sacrés et profanes, par F. de Saulcy. *Paris, Didier,* 1858, in-8, demi-rel. chagr. vert, tr. jasp.

265. Syrie centrale. — Architecture civile et religieuse du 1er au viie siècle, par le comte de Vogüé. *Paris, J. Baudry,* 1865-77, 2 vol. in-4, nombr. planches gravées montées sur onglets, demi-rel. noire, tête dor. ébarb. chagr.

266. Essai sur l'architecture des Arabes et des Mores en Espagne, en Sicile et en Barbarie, par Girault de Prangey. *Paris, A. Hauser,* 1841, in-4, figures noires et en coul. demi-rel. chagr. brun, tr. jasp.

267. L'Art arabe, d'après les monuments du Kaire, depuis le viie siècle jusqu'à la fin du xviiie siècle, par Prisse d'Avennes. *Paris, Vve A. Morel,* 1877, 1 vol. in-4 de texte, nombr. figures et 3 vol. in-fol. de planches, ens. 4 vol. demi-rel. mar. viol. tête dor. ébarb.

267 *bis*. Architecture arabe, ou Monuments du Kaire, mesurés et dessinés de 1818 à 1826, par Pascal Coste. *Paris, Firmin Didot fr.,* 1839, gr. in-folio, nombr. planches, demi-rel. avec coins mar. rouge, ébarb.

IX. TRAITÉS SPÉCIAUX SUR DIFFÉRENTES PARTIES DE L'ARCHITECTURE.
ARCHITECTURE RURALE. — CONDUITE DES EAUX.

268. Le Fer, principal élément constructif de la

nouvelle architecture, conclusions théoriques et pratiques, par L.-A. Boileau, architecte. *Paris,* 1871, in-8, br.

269. Études pratiques sur la construction des planchers et poutres en fer, avec notice sur les colonnes en fer et en fonte, par César Jolly et Jolly fils. *Paris, Dunod,* 1863, gr. in-8, figures dans le texte. demi-rel. v. fauv. tr. jasp.

270. Des Planchers en fer, par M. le général Morin. — Recherches sur les piles voltaïques, détermination des coefficients relatifs aux piles en usage dans l'industrie, par M. Edmond Becquerel. — Nouvelle Méthode pour doser les salpêtres du commerce, par J. Persoz. — Emploi des fers dits fers zorés, dans la construction des planchers, par P. Schwaeblé, ingénieur. *Paris, Eugène La-croix,* 1865. Ens. 4 ouvr. réunis en 1 vol. in-8, figures, plans. demi-rel. mar. brun, tr. jasp.

Extraits des *Annales du Conservatoire impérial des Arts et Métiers,* 1860.

271. Études pratiques sur la construction des planchers et poutres en fer, avec notice sur les colonnes en fer et en fonte, par M. C. Jolly. Album in-4 de 9 planches pliées montées sur onglets, demi-rel. v. f.

272. Salubrité des habitations. — Manuel pratique du chauffage et de la ventilation, par Arthur Morin. *Paris, L. Hachette,* 1868, in-8, figures, demi-rel. v. bleu, tr. jasp.

273. Traité pratique du chauffage, de la ventilation et de la distribution des eaux dans les habitations particulières, à l'usage des architectes, des entrepreneurs et des propriétaires, par Ch. Joly. *Paris, J. Baudry,* 1869, in-8, figures dans le texte, demi-rel. v. bleu, tr. jasp.

274. Traité pratique du chauffage, de la ventilation et de la distribution des eaux dans les habitations

particulières, à l'usage des architectes, des entrepreneurs et des propriétaires, par V.-Ch. Jolly.
Paris, J. Baudry, 1873, gr. in-8, demi-rel. v. f.
dos orné, tr. jasp.

275. F. Liger. — Jambes étrières et autres points
d'appui dans les bâtiments. Extrait du Dictionnaire de voirie. *Paris, A. Morel*, 1864, in-8 de
47 pp. figures dans le texte, demi-rel. chagr.
noir, tr. peign.

276. L'Architecture des voûtes, ou l'art des traits et
coupe des voûtes, par le R. P. François Durant,
de la Compagnie de Jésus. *Paris, André Cailleau,*
1743, in-fol. 82 planches gravées, v. antiq.
marbr.
Piqûres de vers.

277. École nationale des Ponts et Chaussées. Session
1848-49. — Notes prises au cours des ports de
mer, par M. Frissard, inspecteur divisionnaire des
Ponts et Chaussées. *S. l. n. d.* In-4, texte auto-
graphié et 82 planches, demi-rel. v. br. tr. peign.

278. Traité des paratonnerres, leur utilité, leur
théorie, leur construction, par A. Callaud. *Paris,*
Ducher, 1874, gr. in-8, figures dans le texte,
demi-rel. v. vert, tr. jasp.

279. Traité d'architecture rurale, par M. de Per-
thuis. *De l'imprimerie de Crapelet à Paris, chez*
Deterville, 1810, in-4, 26 planches gravées, v.
rac. fil.

280. Rural architecture; or a series of designs for
ornamental cottages in ninety six plates by R. F.
Robinson architect; the landscapes drawn on
stone by J.-D. Harding. *London, Henry Bohn,*
1836, in-4, 95 planches, demi-rel. bas. viol.

281. La Théorie et la pratique du jardinage, où l'on
traite à fond des beaux jardins appelés communé-

ment les jardins de plaisance, par M***, de l'Académie royale des Sciences de Montpellier. *A Paris, chez P.-J. Mariette*, 1747, in-4, planches gravées, v. antiq. marbr.

282. Observations sur la théorie des jardins. *S. l. n. d.*, in-folio, planches, demi-rel. v. fauv.

283. Art de construire et de gouverner les serres, par Neumann. *Paris, Audot*, 1846, in-4 obl. 23 planches. — Pratique de l'art de chauffer par le thermosiphon ou calorifère à eau chaude, avec un article sur le calorifère à air chaud, par A***. *Paris, Audot*, 1844, in-4 obl. 21 planches, ens. 2 ouvr. en 1 vol. in-4, demi-rel. bas.

284. Premier Mémoire sur les eaux de Paris, présenté par le préfet de la Seine au Conseil municipal. *Paris, Paul Dupont*, 1861, in-12, carte, demi-rel. v. vert, tr. jasp.

285. Plan général des égouts de la ville de Paris et de ses environs, publié par ordre de M. le baron G.-E. Haussmann, sénateur, préfet de la Seine, et exécuté sur le plan à l'échelle de $\frac{1}{5000}$ dressé par les géomètres du service du plan de Paris, par les ingénieurs du service municipal des travaux publics. *Paris*, 1867, gr. in-fol. 22 grandes planches pliées et montées sur onglets, demi-rel. chagr. rouge.

X. DÉCORATIONS ET ORNEMENTS D'ARCHITECTURE.
TAPISSERIE.
PEINTURE SUR VERRE. — AMEUBLEMENTS.

286. L'ART POUR TOUS, encyclopédie de l'art industriel et décoratif, Émile Reiber, directeur-fondateur. *Paris, Morel*, 1861-78, 17 vol. in-folio, nombr. planches gravées.

Collection complète, et en feuilles dans des cartons.

287. L'Art pour tous : Encyclopédie de l'art décoratif, Émile Reiber, directeur-fondateur. Collection classée par styles et divers genres en 12
cartons, in-folio.

Art antique. — Moyen âge. — Renaissance, 2 cartons. — Art oriental. —
Dessins de Maîtres XVIe siècle, 2 cartons. — Dessins de Maîtres XVIIe et XVIIIe
siècles, 3 cartons. — Art contemporain. — Divers à classer, 1 carton.

288. Exposition universelle de 1878. Les Beaux-Arts
et les arts décoratifs, publiés sous la direction
de M. Louis Gonse. *Paris, Gazette des Beaux-
Arts*, 1879, 2 vol. gr. in-8, figures dans le texte
et gravures à l'eau-forte, demi-rel. mar. r. tête
dor. ébarb.

Tome Ier, *l'Art moderne*, tome IIe, *l'Art ancien*.

289. Le Premier des Décorateurs, c'est l'architecte
(par Ruprich-Robert). *S. l. n. d.*, gr. in-8, de
16 pp. cart.

Extrait de la *Revue générale de l'architecture et des travaux publics*.

290. Recueil de dessins relatifs à la décoration chez
tous les peuples et aux plus belles époques de
leur civilisation, puisés aux sources les moins
connues, recueillis dans les musées et les bibliothèques les plus riches de l'Europe, reproduits
avec le caractère de la forme et de l'identité de
couleur des originaux destinés à servir de motifs
et de matériaux aux peintres décorateurs, peintres
sur verre, et aux dessinateurs de fabriques, par
Hoffmann et Kellerhoven. *Paris, A. Lévy fils*,
1858, 2 tomes en 1 vol. in-folio, 80 planches
dont 41 en chromolith. montées sur onglet, demi-
rel. mar. rouge, tête dor. ébarb.

291. Théorie de l'ornement, par J. Bourgoin, ouvrage accompagné de 330 motifs d'ornements
gravés sur acier et de nombr. figures intercalées
dans le texte. *Paris, A. Levy*, 1873, gr. in-8,
nombr. figures, cart. toile.

292. Les Arts arabes, architecture, menuiserie,

bronzes, plafonds, revêtements, marbres, pavements, vitraux, etc., avec une table descriptive et explicative, et le trait général de l'art arabe, par Jules Bourgoin, architecte. *Paris, Vve A. Morel*, 1873, in-folio, nombr. planches gravées, noires et en couleurs, montées sur onglets, demi-rel. avec coins mar. bleu, tête dor. ébarb.

293. L'Art architectural en France depuis François Ier jusqu'à Louis XIV, motifs de décoration intérieure et extérieure, dessinés d'après des modèles exécutés et inédits des principales époques de la Renaissance, par Eugène Rouyer, texte par Alfr. Darcel. *Paris, Noblet et Baudry*, 1863-1866, 2 vol. gr. in-4, nombr. planches gravées, montées sur onglets, demi-rel. mar. viol. tr. supér. dor. éb.

294. J. Berain. Collection d'environ 122 planches d'ornementation, montées sur onglets en 1 vol. in-fol. v. f. dos orné, fil. tr. sup. dor. éb. (*Champs.*)

De la Calcographie du Louvre.

295. Second Livre d'architecture, par Jacques Androuet du Cerceau, contenant plusieurs et diverses ordonnances de cheminées, lucarnes, portes, fontaines, puis et pavillons, pour enrichir tant le dedans que le dehors de tous édifices, avec les desseins de dix sépultures toutes différentes. *A Paris, de l'imprimerie d'André Wechel*, 1561, in-fol. 62 planches gravées, mar. la Vall. comp. tr. bl.

296. J. Le Pautre. OEuvres diverses. *Paris, Ch.-Ant. Jombert et P. Mariette*, 1751-1759, etc., réunion de 79 planches en 1 vol. pet. in-fol.

Plafonds à la romaine, 12 planches. — Nouveaux dessins de plafonds, 6 planches. Ornements pour embellir les chapiteaux, frises, corniches, etc., 6 planches. — Nouveaux ornements de plafonds, 12 planches. — Plafonds modernes, 12 planches. — Angles de plafonds de galerie et autres ornements, 5 planches. — Rinceaux de différents feuillages, 6 planches. — Montants de trophées d'armes à l'antique, 5 planches. — Frises et différents ornements à l'italienne, 6 planches. — Sujets divers, 15 planches.

297. Architecture, décoration et ameublement, époque Louis XVI, dessinés et gravés d'après des motifs choisis dans les palais impériaux, le mobilier de la Couronne, les monuments publics et les habitations privées, avec texte descriptif, par M. Rodolphe Pfnor. *Paris, A. Morel,* 1865, in-fol. 5o planches gravées, montées sur onglets, demi-rel. avec coins mar. rouge, tr. supér. dor. éb.

298. L'Ornement polychrome, cent planches en couleurs, or et argent, contenant environ 2,000 motifs de tous les styles, art ancien et asiatique, moyen âge, Renaissance, xviie et xviiie siècle. — Recueil historique et pratique, publié sous la direction de M. A. Racinet, avec des notes explicatives et une introduction générale. *Paris, Firmin-Didot frères, fils (s. d.),* 1869, 4 livraisons in-fol. texte, et planches en couleurs dans des cartons.
Livraison 1 à 4.

299. Flore ornementale. Essai sur la composition de l'ornement, éléments tirés de la nature et principes de leur application, par Ruprich-Robert, architecte du gouvernement. Ouvrage contenant 15o pages de texte avec 1o5 vignettes et 152 planches composées et dessinées par l'auteur, gravure de Cl. Sauvageot. — Herbier artistique, contenant plus de 5oo plantes. *Paris, Dunod,* 1876, gr. in-4, planches montées sur onglets, demi-rel. avec coins mar. la Vall. tr. supér. dor. ébarb.

300. Les Carrelages émaillés du moyen âge et de la Renaissance, précédés de l'histoire des anciens pavages : mosaïques, labyrinthes, dalles incrustées, par M. Émile Amé. *Paris, A. Morel,* 185g, in-4, planches en couleurs, demi-rel. v. tr. jasp.

301. Du Rôle décoratif de la peinture en mosaïque,

par Édouard Didron. *Paris, imprimerie de J. Claye*, 1875, gr. in-8 de 23 pp. figures, cart.

Extrait de la *Gazette des Beaux-Arts*.

302. Constructions en briques. La brique ordinaire au point de vue décoratif, par J. Lacroux, architecte, texte par C. Détain, architecte. *Paris, Ducher*, 1878, 5 fascicules in-fol. 85 planches chromolith. br.

303. Essai sur les girouettes, épis, crêtes et autres décorations des anciens combles et pignons, pour faire suite à l'histoire des habitations du moyen âge, enrichi de huit planches gravées par E. de La Quérière. *A Paris, chez Derache*, 1846, in-8, figures, demi-rel. v. viol. tr. jasp.

304. Peintures décoratives exécutées pour le foyer public de l'Opéra, par Paul Baudry. *Paris*, 1874, in-12 de 54 pp. portrait photogr. demi-rel. v. rose, tr. jasp.

305. Vitraux du Grand-Andely, par Ed. Didron. *Paris, V. Didron*, 1863, in-4, planche, demi-rel. v. gris.

306. Les Boiseries sculptées du chœur de Notre-Dame de Paris, précédé d'un texte historique par H. Gourdon de Genouillac, rédacteur en chef du *Monde artiste*, et d'un texte descriptif avec dessins d'ensemble, par E.-F. Le Preux, architecte. *Paris, A. Lacroix, Verboeckhoven*, 1868, in-4 de 4 p. et de 12 planches lithographiées, montées sur onglets, demi-rel. v. brun, tr. rouge.

307. Recueil de décorations intérieures, comprenant tout ce qui a rapport à l'ameublement, comme vases, trépieds, candélabres, lits, canapés, etc., etc., composé par C. Percier et P.-F.-L. Fontaine. *A Paris, Jules Didot aîné*, 1827, in-

folio, 72 planches gravées au trait, demi-rel. avec coins, mar. vert, ébarb.

308. OEuvres de Jacques Androuet, dit du Cerceau. — Meubles. *Paris, s. d.*, titre et 52 planches gravées, papier vergé de Hollande, cart.

Héliogravure par Ed. Baldus.

309. Notice historique sur les manufactures impériales de tapisseries des Gobelins et de tapis de la Savonnerie, précédée du Catalogue des tapisseries qui y sont exposées, par A.-L. Lacordaire. *Paris, à la manufacture des Gobelins*, 1855, in-8, figures dans le texte, demi-rel. v. vert, tr. jasp.

310. Chefs-d'œuvre des arts industriels, par Philippe Burty. Céramique, verrerie et vitraux, émaux, métaux, orfèvrerie et bijouterie, tapisserie. *Paris, Paul Ducrocq, s. d.*, gr. in-8, nombr. figures sur bois dans le texte, demi-rel. mar. r. tête dor. ébarb.

XI. ARCHITECTURE MILITAIRE.

311. La Fortification déduite de son histoire, par le général J. Tripier. *Paris, J. Dumaine*, 1866, in-8, demi-rel. chagr. br.

312. Traité de fortification, comprenant la fortification passagère, la castramétation, la fortification permanente, l'attaque et la défense des places fortes, rédigé d'après le programme adopté à l'école impériale spéciale militaire de Saint-Cyr, par A. Ratheau. *Paris, Ch. Tanera*, 1866, in-8, planches, demi-rel. chagr. bleu, dos orné, tr. jasp.

XII. ARTS ET MÉTIERS QUI SE RATTACHENT
A LA CONSTRUCTION.

(COUPE DES PIERRES, MENUISERIE, SERRURERIE.)

313. L'Architecture pratique, qui comprend le détail du toisé et du devis des ouvrages de maçonnerie, charpenterie, menuiserie, etc., par M. Bullet, architecte du roy. *A Paris, chez. J.-Bapt. Delespine*, 1722, in-8, frontispice et figures, v. gran.

314. Note sur le pied gaulois, par M. Aurès. *S. l. n. d. (Paris, Impr. impériale)*, 1868, in-8 de 9 pages, demi-rel. mar. orange, tr. jasp.
Envoi autographe de M. AURÈS à M. VIOLLET-LE-DUC.

315. Traité du nivellement, contenant la théorie et la pratique de cet art, par le sieur Bullet, architecte du Roy. *A Paris, chez Nic. Langlois*, 1688, in-12, figures gravées, bas.

316. La Pratique du trait à preuves de M. Desargues, Lyonnois, pour la coupe des pierres en l'architecture, par A. Bosse. *A Paris, imprimerie de Pierre Deshayes*, 1643, pet. in-4, front. et figures, v. gran. tr. rouge.

317. Expériences sur la résistance des matériaux à l'écrasement, par M. Paul Michelot. *Paris, Dunod*, 1863, in-8 de 26 pages, plan. — Le même ouvrage. *Paris, Dunod*, 1871, in-8, demi-rel. v. f.

318. Mémoire sur la conservation des bois par le procédé de M. Victor Fréret, ingénieur, par C.-A. Oppermann. *Paris, V. Fillion*, 1873, in-8 de 35 pp. figures, demi-rel. v. fauve, tr. jasp.

319. Le Théâtre de l'art de charpentier, enrichi de diverses figures avec l'interprétation d'icelles,

faict et dressé par Mathurin Jousse. *A la Flèche,
chez Georges Griveau,* 1627, petit in-fol. figures,
v. br. fil. dent. int. tr. rouge.

320. Serrurerie du moyen âge. Les ferrures des
portes, par Raymond Bordeaux, avec dessins par
Henri Gerente et G. Bouet. *Oxford et Paris,*
1858, in-4, 40 planches, demi-rel. v. noir.

XIII. LOIS DU BATIMENT.

321. Traité de la législation des bâtiments et constructions, doctrine et jurisprudence civiles et
administratives, par M. Frémy-Ligneville. *Paris,
Carillan-Gœury et Victor Dalmon,* 1848, 2 tomes
en 1 vol. in-8, demi-rel. chagr. viol. tr. jasp.

322. Traité de la législation et des travaux publics
et de la voirie en France, par Armand Husson.
Paris, Videcoq fils aîné, 1851, in-8, demi-rel.
chagr. noir, tr. jasp.

323. Manuel des lois du bâtiment, élaboré par la
Société centrale des architectes. *Paris, A. Morel,*
1863, in-8, demi-rel. v. f. tr. jasp.

324. Causerie de la responsabilité des architectes,
par C.-H.-A. Le Bègue. *Paris, imprimé par E.
Thunot,* 1865, in-8 de 40 pp. cart.

325. Étude sur les contre-murs d'après la législation des bâtiments et les usages actuels, par Gus-
tave Lecomte. *Paris, chez A. Morel,* 1874, in-8
de 24 pp., demi-rel. v. vert, tr. jasp.

326. Société des architectes. Projet de révision du
Manuel des lois du bâtiment. 1876, in-4, 123
planches autographiées, demi-rel. v. bleu.

327. Société centrale des architectes. Manuel des
lois du bâtiment, deuxième édition, revue et

augmentée. *Paris, Ducher,* 1879-1880, 5 vol. in-8,
figures dans le texte, br.

328. Recueil méthodique et raisonné des lois et
règlements sur la voirie, les alignements et la police des constructions; contenant un résumé de
la jurisprudence du ministère de l'Intérieur et du
Conseil d'État sur cette matière, par H.-J.-B.
Davenne. *A Paris, chez Huzard,* 1824, in-8, et
Supplément, demi-rel. bas.

329. Code des constructions et de la contiguïté,
ou Législation complète des bâtiments et constructions, des servitudes et du voisinage, par
M. L. Perrin. *Bordeaux, Féret,* 1846, in-8, demi-
rel. chagr. noire, tr. jasp.

330. Service municipal de Paris. Assainissement.
Recueil des ordonnances et arrêtés depuis 1374
jusqu'à 1864. *Paris, imprimerie de Jules Juteau
et fils,* s. d., in-8, demi-rel. v. bleu, tr. jasp.

331. Dictionnaire historique et pratique de la voirie, de la construction, de la police municipale
et de la contiguïté. Fosses d'aisances, latrines,
urinoirs et vidanges, par F. Liger. *Paris, J. Baudry,* 1875, in-8, 232 figures intercalées et 6 planches hors texte, demi-rel. chagr. noir, tr.
peigne.

BEAUX-ARTS EN GÉNÉRAL

PEINTURE, SCULPTURE, GRAVURE, MUSIQUE,
ARTS DIVERS.

332. L'Artistaire, livre des principales initiations
aux beaux-arts, par Paillot de Montabert. *Paris,*

chez *Alex. Johanneau*, 1855, in-8, portrait, demi-rel. bas. fauve, tr. jasp.

333. Dictionnaire de l'Académie des Beaux-Arts. *A Paris, chez Firmin-Didot frères*, 1858-68, 2 vol. gr. in-8, texte à 2 col. figures, demi-rel. chagr. noire, tr. rouge.

334. Encyclopédie méthodique. Beaux-arts, dédiés et présentés à M. Vidaud de la Tour, conseiller d'Etat et directeur de la librairie. *Paris, Panckoucke*, 1788, 3 vol. in-4 (2 de texte et 1 de planches), v. antiq. marbr.

335. Histoire de l'art grec avant Périclès, par M. Beulé. *Paris, Didier*, 1868, in-8, demi-rel. bas. verte, tête dor. ébarb.

336. Des Influences byzantines, lettre à M. Vitet, de l'Académie française, par Félix Verneilh. *Paris, Victor Didron*, 1860, in-4 de 47 pp. figures, demi-rel. mar. la Vall. tr. jasp.

337. L'Art de l'Asie Mineure, ses origines, son influence, par G. Perrot. *Paris, Didier*, 1873, in-8 de 20 pp. demi-rel. v. brun, tr. jasp.

Extrait de la *Revue archéologique*.

338. Institutions de l'art chrétien pour l'intelligence et l'exécution des sujets religieux, ou Documents puisés aux sources de l'Ecriture sainte, de la tradition catholique, des légendes et des attributs sous le point de vue de la peinture, de la sculpture et de la gravure, avec un Traité archéologique et pratique sur l'architecture, l'ornementation et l'ameublement des églises, par l'abbé J.-B.-E. Pascal. *Paris, Ambroise Bray*, 1836, 2 tom. en 1 vol. in-8, demi-rel. chagr. vert, tr. jasp.

2 tomes en un volume.

339. Des Opinions de M. Taine sur l'art italien,

par le vicomte Henri Delaborde. *Paris, aux bureaux de la Gazette des beaux-arts,* 1866, gr. in-8
de 23 pp. cart.

340. De l'Art en Allemagne, par Hippolyte Fortoul.
Paris, Jules Labitte, 1842, 2 vol. in-8, demi-rel.
v. f. tr. jasp.

341. Tableau historique des beaux-arts, depuis la
Renaissance jusqu'à la fin du XVIIIe siècle, par
MM. Louis et René Ménard. *Paris, Didier,* 1866,
in-12, demi-rel. v. f. tr. peigne.

342. Le Spiritualisme dans l'art, par Charles Lé-
vêque. *Paris, Germer-Baillière,* 1864, in-12, demi-rel. v. brun, tr. jasp.

343. M. Taine. De l'Idéal dans l'art : Philosophie
de l'art; Philosophie de l'art en Grèce; Philosophie de l'art en Italie; Philosophie de l'art dans
les Pays-Bas. *Paris, Germer Baillière,* 1869-
1876, ens. 5 vol. in-12, demi-rel. v. vert, tr.
peigne.

344. Quelques Idées sur la direction des arts et
sur le maintien du goût, publié par le comte de
Laborde. *Paris, Impr. impériale,* 1856, gr.
in-8 de 104 pages, papier de Hollande, demi-rel.
v. rose, tr. jasp.

345. Réforme de l'École des Beaux-Arts. Différentes brochures réunies en 1 vol. gr. in-8, demi-rel.
chagr. la Vall.

346. Exposition universelle de 1851.— De Laborde.
Application des arts à l'industrie. *Paris, Imprimerie impériale,* 1856, gr. in-8, demi-rel. mar.
brun la Vall. tr. peigne.

Tome VIII, les travaux de la commission française sur l'industrie des
nations.

347. De l'Union des arts et de l'industrie, par

M. de Laborde. *S. l. n. d.* plaq. in-8 de 23 pages, cart.

Étude sur cet ouvrage par M. Beulé. Extrait du Journal général de l'instruction publique et de culte.

348. De l'Influence des arts du dessin sur l'industrie, par Achille Hermant. *Paris, chez l'auteur,* 1857, in-8, demi-rel. v. rose, tr. jasp.

349. Des Arts du dessin dans leurs rapports avec l'industrie, par Em. Michel. *Nancy, imprimerie Berger-Levrault,* 1874, in-8 de 56 pp. demi-rel. v. f. tr. jasp.

Extrait du *Mémoire de l'Académie de Stanislas.*

350. Le Beau dans l'utile. Histoire sommaire de l'Union centrale des beaux-arts appliqués à l'industrie, suivie des rapports du jury de l'Exposition de 1865. *Paris, Union centrale,* 1866, gr. in-8, demi-rel. v. brun, tr. jasp.

351. Cabinet des singularitez d'architecture, peinture, sculpture et gravure, ou Introduction à la connaissance des plus beaux arts figurés sur les tableaux, les statues et les estampes, par Florent-le-Comte. *A Brusselles, chez Lambert Marchant,* 1702, 3 vol. in-12, frontispices gravés, v. f. fil. tr. dor.

Chiffres de M. Trípier, sur les plats du volume.

352. Chefs-d'oeuvre de l'art antique, architecture, peinture, statues, bas-reliefs, bronzes, mosaïques, vases, médailles, camées, bijoux, meubles, etc., tirés principalement du musée royal de Naples, dessinés et gravés par les principaux artistes italiens. *Paris, A. Lévy,* 1867, 7 vol. in-4, figures gravées, montées sur onglets, demi-rel. avec coins mar. bleu, tête dor. ébarb.

Première série : monuments de la vie des anciens, texte par M. Robiou, 3 vol. — 2° série, monuments de la peinture et de la scuplture, Texte par M. J. Lenormant.

353. Beaux-Arts. Du Principe des expositions. Le

Concours en Grèce et de nos jours (par Beulé).
S. l. n. d., gr. in-8 de 24 pp. cart.

Extrait de la *Revue des Deux-Mondes*, 1860.

354. Notice sommaire des objets d'art exposés
dans le palais de la présidence du Corps législatif,
le 23 avril 1874, au profit des Alsaciens-Lorrains
en Algérie. *Paris, imprimerie de Jules Claye,*
1874, in-12, demi-rel. v. fauve, tr. jasp.

355. Union centrale des beaux-arts appliqués à
l'industrie. Exposition de 1865. Palais de l'Industrie. — Catalogue du musée rétrospectif.
Paris, J. Lemer, 1867, gr. in-8, demi-rel. v.

356. Exposition universelle à Londres en 1862. Empire français. Notice sur les modèles, cartes et
dessins relatifs aux travaux publics réunis par les
soins du ministère de l'agriculture, du commerce
et des travaux publics. *Paris, E. Thunot,* 1862,
gr. in-8, demi-rel. v. vert. tr. jasp.

357. Préfecture du département de la Seine. Inventaire général des œuvres d'art appartenant à la
ville de Paris, dressé par le service des beaux-arts.
— Édifices civils, tome premier. — Édifices religieux, tome premier. *Paris, impr. A. Chaix,* 1878,
2 vol. in-4, cart.

358. Exposition universelle de 1878. — Notices sur
les objets et documents exposés par les divers
services de la ville de Paris et du département de
la Seine. *Paris, A. Chaix,* 1878, gr. in-8, demi-
rel. v. fauve, tr. peign.

359. Portraits d'artistes. — Peintres et sculpteurs,
par Gust. Planche. *Paris, Mich. Lévy fr.,* 1853,
2 vol. in-12. demi-rel. chagr. viol. tr. jasp.

360. Notices sur quelques artistes français du XVIe
au XVIIIe siècle, par H. Destailleur. *Paris, Rapilly,*
1863, in-8, papier vergé teinté, cart.

Exemplaire annoté au crayon.

361. Livre de Perspective de Iehan Cousin, Seno-
nois, maistre painctre à Paris. *A Paris, de l'imprimerie de Jehan Le Royer*, 1560, in-fol. figures
en bois, demi-rel. chagr. vert, tr. jasp.

ÉDITION ORIGINALE et rare de ce traité. Exemplaire de Viollet-le-Duc.

362. La Pratica della perspettiva di Monsignor Daniel Barbaro, opera molto utile a' pittori, a' scul-
tori, et ad architetti. *In Venetia*, 1569, in-4,
dérelié.

363. Perspective, c'est-à-dire le très-renommé art
du poinct oculaire d'une vue dedans ou travers
regardante, inventé par Jean Vredeman Frison.
Lugduni Batavorum (1684), 2 parties en 1 vol.
in-4 obl. 49 et 24 planches (Henric. Hondius,
sculp. et excud.), v. f. fil. tr. dor.

364. Traité des pratiques géométrales et perspec-
tives, enseignées dans l'Académie royale de la
peinture et sculpture par A. Bosse. *A Paris, chez
l'auteur*, 1665, in-8, frontispice et figures, v. br.

365. Traité de perspective, où sont contenus les
fondemens de la peinture, par le R. P. Bernard
Lamy. *A Amsterdam, chez Pierre Mortier*, 1734,
in-12, planches gravées, demi-rel. bas.

366. Traité de perspective, à l'usage des artistes,
où l'on démontre géométriquement toutes les
pratiques de cette science, et où l'on enseigne,
selon la méthode de M. Le Clerc, à mettre toutes
sortes d'objets en perspective, leur réverbération
dans l'eau, et leurs ombres tant au soleil qu'au
flambeau, par M. Edme-Sébastien Jeaurat. *A Paris, chez Charles-Antoine Jombert*, 1750, in-4,
figures, v. dent. int. tr. rouge.

367. Traité de perspective-relief, comprenant :
1° la construction des bas-reliefs; 2° le tracé des
décorations théâtrales; 3° une théorie des appa-

rences avec les applications aux décorations architecturales; 4° des applications à la décoration
des parcs et jardins; par M. Poudra. *Paris, Lei-
ber*, 1862, in-8, atlas de 18 planches à la fin,
demi-rel. chagr. bleu, tr. jasp.

368. Perspective practically explained by Edward
L. Paraire. *London, G. Rowney*, in-8, cart.

369. L'Art de dessiner, par Jean Cousin, augmenté
de plusieurs figures d'après l'antique, avec leurs
mesures et proportions; d'une description des os
et des muscles du corps humain, etc. *Paris*,
1721, in-8 obl. frontispice et figures, v. jasp.

Le frontispice est double, qq. planches sont racc.

370. Ministère de l'intérieur. Exposition des acadé-
mies et écoles des beaux-arts, et congrès de l'enseignement des arts du dessin. Introduction,
pièces officielles, comptes rendus des séances du
congrès, rapport du jury, etc. *Bruxelles, impr.
de Charles Lelong*, 1869, in-8, demi-rel. v. f. tr.
jasp.

371. Traité élémentaire de la peinture, par Léonard
de Vinci. *Paris, Deterville, an XI* (1803), in-8,
demi-rel. bas. verte.

372. De la Peinture religieuse à l'extérieur des
églises, à propos de l'enlèvement de la décoration
extérieure du porche de Saint-Vincent de Paul,
par J. Jollivet. *Paris, imprimerie de A. Witters-
heim*, 1861, in-8, demi-rel. v. vert, tr. jasp.

373. Catalogue raisonné des peintures, sculptures
et objets d'art qui décoraient l'Hôtel de Ville de
Paris avant sa destruction, par A. de Bullemont;
(2) eaux-fortes par A. Brunet-Debaines. *Paris,
Vve A. Morel*, 1871, in-8, figures, demi-rel. v. f.

374. Galerie des arts et de l'histoire, composée des
tableaux et statues les plus remarquables des

musées de l'Europe et de sujets tirés de l'histoire de Napoléon, gravés à l'eau-forte sur acier par Reveil, et accompagnés d'explications historiques. *Paris, Nivert*, 1836, 8 vol. in-12, gravures au trait, cart. tr. jasp.

375. Musée religieux, ou Choix des plus beaux tableaux inspirés par l'Histoire sainte aux peintres les plus célèbres, gravés à l'eau-forte sur acier par Reveil, recueillis, mis en ordre et accompagnés de notices historiques. *Paris, Nivert*, 1836, 4 vol. in-12, figures au trait, cart. tr. jasp.

376. Explication des ouvrages de peinture, sculpture, architecture, gravure et lithographie des artistes vivants. *Paris*, 1850, 1855, 1857, 1859, 1861, 1863, 1864, 1866 à 1870, 1872 à 1876. Ens. 17 vol. in-12, demi-rel. v. oliv.

377. L'Art de l'émail. Leçon faite à l'Union centrale des Beaux-Arts, le 6 mars 1868, par Claudius Popelin. *Paris, A. Dupuis* (1868, *imprimerie D. Jouaust*), gr. in-8, papier de Hollande, demi-rel. mar. grenat, tr. supér. dor. éb.

378. Philippe Burty. — Les Émaux cloisonnés anciens et modernes. *Paris, chez Martz, joaillier, s. d.,* in-12, papier vergé de Hollande, vignettes interc. dans le texte et 2 gravures en chromolith. demi-rel. avec coins, v. rose, tr. jasp.

379. Recherches sur l'art statuaire considéré chez les anciens et chez les modernes (par Émeric David), ou mémoire sur cette question proposée par l'Institut national de France : *Quelles ont été les causes de la perfection de la sculpture antique, et quels seraient les moyens d'y atteindre? A Paris, chez la V° Nyon aîné, an XIII* (1805), in-8, demi-rel. bas.

380. Lettres de M. Léon Chédeville, sculpteur, grand prix de l'Union centrale en 1869, à M. E.

Guichard, ancien président de l'Union centrale des beaux-arts appliqués à l'industrie. *Paris*, 1875, gr. in-8 de 68 pp. vignettes int. dans le texte et 2 eaux-fortes, demi-rel. v. rouge.

381. Antiche Opere in plastica discoperte, raccolte e dichiarate del marchese G. Pietro Campana, Romano. *Roma*, 1851, 2 vol. in-fol. 120 planches lithographiées et teintées, montées snr onglets, demi-rel. mar. rouge, tr. supér. dor. éb.

382. OEuvres complètes de Benvenuto Cellini, traduites par Léopold Leclanché. *Paris*, *Paulin*, 1847, 2 tomes en 1 vol. in-12, demi-rel. v. vert, tr. jasp.

383. De la Manière de graver à l'eau-forte et au burin et de la gravure en manière noire, par Abraham Bosse. *A Paris*, *chez Charles-Antoine Jombert*, 1758, in-8, frontisp. et figures, v. antiq. marbr.

384. Histoire de la Gravure en France, par Georges Duplessis. *Paris*, *Rapilly*, 1861, in-8, demi-rel. mar. r. tête dor. ébarb.

385. Charles-Étienne Gaucher, graveur. Notice et catalogue, par le baron Roger Portalis et Henri Draibel. *Paris*, *Damascène Morgand et Charles Fatout*, 1879, in-8, portrait, br.

386. Emblemata D. A. Alciati, denuo ab ipso autore recognita, ac quæ desiderabantur, imaginibus locupletata ; accesserunt noua aliquot ab autore Emblemata, suis quoq; eiconibus insignita. *Lugd.*, *apud Mathiam Bonhomme*, 1551, titres et gravures sur bois à mi-pages, entourées de bordures, v. antiq. (*Reliure de l'époque.*)

387. Les Emblèmes latins-françois du seigneur André Alciat, avec argumens succincts pour entendre

le sens de chaque emblème. *A Paris, chez Jean Richer*, 1584, in-12, figures à mi-pages, v. ant.

388. Augustarum imagines æreis formis expressæ, vitæ quoque earundem breuiter enarratæ, signorum etiam quæ in posteriori parte numismatum efficta sunt ratio explicata ab Æneo Vico, Parmense, nunc a Joanne Baptista da Vallio restitutæ. *Lutetiæ Parisiorum*, 1619, in-4, titre et figures gravées, parch. antiq.

389. Abrahami Ortelii, cosmographi et geographi Regii, deorum dearumque capita, ex antiquis numismatibus collecta : historica narratione illustrata a Francisco Swertio, Antverpiensi. *Extant Bruxellis apud Franciscum Foppens*, 1683, in-4, figures gravées, v. gran.

390. C. Bourgeois. Vues d'Italie. *S. l. n. d.* (an XII), 96 planches gravées par Guyot, Lamean, Perdoux, Demonchy etc., montées sur onglets, demi-rel. chagr. vert.

391. Nuova Raccolta delle più belle vedute di Roma dissegnate e intagliate da celebri autori. *In Roma*, 1761, in-4 obl. 79 planches gravées, demi-rel. cuir de Russie.

Le titre et les premières planches sont remontées.

392. Poëtes. — Ovide, Anacréon, Sophocle, Pindare, Corinne, Sapho, la Mort d'une Lesbienne. *A.-M. Chenavard, Lyon*, 1873, in-4 obl. texte et figures, cart.

393. Le Magasin pittoresque, publié sous la direction de M. Édouard Charton. *Paris*, 1839-68, 30 vol. in-4, texte à 2 col. nombr. gravures sur bois, cart.

394. Le Son et la Musique, par P. Blaserna, suivis des causes physiologiques de l'Harmonie musicale, par H. Helmholtz, avec 50 figures dans le

texte. *Paris, librairie Germer Baillière*, 1877, in-8, figures dans le texte, cart.

395. De l'Orgue et de son architecture, par Aristide Cavaillé-Coll. *Paris, Ducher*, 1872, gr. in-8 de 83 pp. figures, demi-rel. v. vert, tr. jasp.

Extrait de la *Revue générale de l'architecture et des travaux publics*, 2º tirage, revu et augmenté.

396. L'Orgue du Palais de l'Industrie d'Amsterdam, la facture d'orgues modernes et la facture d'orgues néerlandaises ancienne et contemporaine, par C.-M. Philbert. *Amsterdam, Binger fr.*, 1876, gr. in-8, br.

397. Règlements sur les arts et métiers de Paris, rédigés au xiiie siècle, et connus sous le nom du Livre des métiers d'Étienne Boileau, publiés pour la première fois en entier d'après les manuscrits de la Bibliothèque du Roi et des Archives du royaume, avec des notes et une introduction, par G.-B. Depping. *A Paris, imprimerie de Crapelet*, 1837, in-4, demi-rel. chagr. bleu, tr. jasp.

De la collection de *Documents inédits sur l'histoire de France*.

398. Théophile, prêtre et moine. Essai sur divers arts, publié par le comte Charles de L'Escalopier, et précédé d'une introduction, par J.-Marie Guichard. *Paris, J.-A. Toulouse*, 1843, in-4, demi-rel. avec coins, chagr. roug. fil. tr. jasp.

399. Les Métiers de Paris d'après les ordonnances du Châtelet, avec les sceaux des artisans, par Ch. Desmaze. *Paris, Em. Leroux*, 1874, gr. in-8, demi-rel. v. f.

400. Traité du Langage symbolique, emblématique et religieux des fleurs, par l'abbé Casimir Magnat. *Paris, Lyon, s. d.*, gr. in-8, figures en couleurs, demi-rel. chagr. vert, tr. jasp.

JURISPRUDENCE, SCIENCES, BELLES-LETTRES, HISTOIRE
ENCYCLOPÉDIE

401. Dictionnaire municipal, ou Nouveau Manuel des maires, par M. de Puibusque; septième édition, entièrement refondue et mise au courant de la législation par M. Paul Dupont. *Paris, Paul Dupont*, 1867, in-8. — Dictionnaire des formules, ou Mairie pratique, par Paul Dupont. *Paris, Paul Dupont*, 1867, in-8, et Supplément; ens. 3 vol. in-8, demi-rel. v. fauve, tr. jasp.

402. Guide des salles d'asile, contenant les lois, décrets, arrêtés et circulaires qui régissent ces établissements, avec plusieurs plans, par Eugène Rendu. *Paris, L. Hachette*, 1860, in-8, v. rose, tr. jasp.

403. Des Principes de l'Art, d'après la méthode et les doctrines de Platon, par Émile Burnouf. *Paris, imprimerie de Jules Delalain*, 1860, in-8, demi-rel. v. fauve, tr. jasp.

404. Essai sur le beau; nouvelle édition, par le père André. *A Paris, chez Ferra*, 1810, in-12, demi-rel. v. vert, tr. rouge.

405. De l'Art du beau, par F. Lamennais. *Paris, Garnier frères*, 1865, in-12, demi-rel. v. f. tr. jasp.

406. Cours d'esthétique, par Th. Jouffroy, précédé d'une préface par M. Ph. Damiron. *Paris, L. Hachette*, 1863, in-12, demi-rel. v. f. tr. jasp.

407. Entrepreneurs et ouvriers, étude sur l'amélio-

ration morale et matérielle du sort de la classe ouvrière, par Lucien Bouillard. *Paris, E. Plon,* 1877, in-8 de 40 pp. cart.

408. Histoire naturelle de Pline, avec la traduction en français par M. E. Littré. *Paris, chez Firmin-Didot fr.*, 1860, 2 vol. gr. in-8, demi-rel. avec coins, mar. la Vall. tr. supér. dor. éb.

409. Albertus Durerus Nurembergensis pictor huius etatis celeberrimus, versus è germanica lingua in latinam... Institutionum geometricarum libri. *Lutetiæ, apud Christianum Wechelum*, 1532, in-fol. figures dans le texte, demi-rel. bas.

La marge du bas du titre est raccommodée.

410. Dictionnaire encyclopédique des amusements des sciences mathématiques et physiques. *Paris, Panckoucke*, 1792, in-4 de 870 pages, texte à 2 col. demi-rel. bas.

411. Pratique de la géométrie sur le papier et sur le terrain où, par une méthode nouvelle et singulière, l'on peut avec facilité et en peu de temps se perfectionner en cette science (par S. Le Clerc). *A Paris, chez Jean Jombert,* 1682, in-12, frontisp. et figures, v. gr.

412. Aide-Mémoire de mécanique, par Arthur Morin. *Paris, L. Hachette*, 1860, in-8, figures dans le texte, demi-rel. v. f. tr. jasp.

413. La Méchanique du feu, ou l'Art d'en augmenter les effets et d'en diminuer la dépense, contenant le traité de nouvelles cheminées qui échauffent plus que les cheminées ordinaires, et qui ne sont point sujettes à fumer, par M. G*** (Gauger). *A Amsterdam, chez David Mortier*, 1714, in-12, front. et figures, parch. ant.

414. Traité de la chaleur considérée dans ses applications, par E. Péclet. *Paris, Victor Masson,*

1860-61, 3 vol. in-8, figures intercal. dans le texte, demi-rel. v. brun, tr. jasp.

415. Cours élémentaire théorique et pratique d'arboriculture, par M. A. du Breuil. *Paris, Victor Masson,* 1857, 2 vol. in-12, figures, demi-rel. chagr. vert, tr. jasp.

416. L'Enseignement nécessaire à l'industrie de la soie. Écoles et musées, par M. Natalis Rondot. *Lyon, impr. Pitrat,* 1877, gr. in-8, demi-rel. veau.

417. Rachel et la tragédie, par M. Jules Janin. *Paris, Adolphe Delahays,* 1861, gr. in-8, portrait de Rachel gravé et figures en photographies, demi-rel. avec coins, mar. r. tr. jasp.

418. Das Bühnenfestspielhaus zu Bayreuth nebst einem Berichte über die Grundsteinlegung desselben von Richard Wagner. *Leipzig,* 1873, in-4, texte et 6 planches gravées, demi-rel. v. f.

419. Atlas historique, généalogique, chronologique et généalogique, par A. Le Sage. *Paris, de Sourdon, s. d.,* in-fol. demi-rel. bas.

420. Voyage pittoresque en Espagne, en Portugal et sur la côte d'Afrique, de Tanger à Tétouan, par J. Taylor. *Paris, Gide fils,* 1832, 3 vol. in-4, dont 1 de texte et 2 de planches, demi-rel. chagr. rouge, tr. jasp.

421. Voyage pittoresque, ou Description des royaumes de Naples et de Sicile (par l'abbé de Saint-Non). *Paris,* 1781-86, 5 vol. in-fol. nombr. figures gravées, fleurons, culs-de-lampe, demi-rel. chagr. rouge, tr. marbr.

422. Etudes sur le Péloponnèse, par E. Beulé. *Paris, Firmin-Didot frères*, 1855, in-8, demi-rel. avec coins mar. r. dor. en tète, ébarb.

423. L'Acropole d'Athènes, par **M.** Beulé. *Paris, Firmin Didot frères*, 1862, in-8, demi-rel. avec coins, mar. rouge, tète dor. ébarb.

424. Athènes décrite et dessinée par Ern. Breton, suivie d'un Voyage dans le Péloponnèse. *Paris, Gide*, 1862, gr. in-8, vignettes dans le texte et gravures hors texte, demi-rel. chagr. vert, tr. jasp.

425. Rome au siècle d Auguste, ou Voyage d'un Gaulois à Rome à l'époque du règne d'Auguste et pendant une partie du règne de Tibère, précédé d'une description de Rome aux époques d'Auguste et de Tibère, par Ch. Dezobry. *Paris, Dezobry*, 1846-47, 4 vol. in-8, figures dans le texte, demi-rel. v. brun, tr. jasp.

426. Pompeia décrite et dessinée par Ern. Breton, suivie d'une notice sur Herculanum. *Paris, Gide et J. Baudry*, 1855, gr. in-8, vignettes sur bois et gravures hors texte, demi-rel. chagr. vert, tr. jasp.

427. Topographia Galliæ dat is Een Algemeene en naenkeurige Lant en Plaets-beschrijvinghe van het Machtige Koninckrigck. *Amsterdam*, 1660, 4 vol. in-fol. nombr. cartes vél. de Holl.

428. Histoire physique, civile et morale de Paris, par J.-A. Dulaure; septième édition, augmentée de notes nouvelles et d'un appendice contenant des détails descriptifs et historiques sur tous les monuments récemment élevés dans la capitale, par J.-L. Belin. *Paris, aux bureaux des Publications illustrées*, 1842, 4 vol. gr. in-8, nombr. figures, demi-rel. v. rose, tr. jasp.

429. Histoire générale de Paris, collection des documents publiés sous les auspices du Conseil municipal. *Paris, Imprimerie impériale ou nationale,* 1867 à 1879; ens. 17 vol. in-4, cart.

Introduction, 1 vol. — La Seine. — Le bassin parisien aux âges antéhistoriques par E. Belgrand. — Planches de géologie et de conchyliologie, 1 vol. — Plans de restitution. — Paris en 1380 par H. Legrand, 1 vol. — Paris et ses historiens aux XIVe et XV° siècles, documents et écrits originaux recueillis et commentés par MM. Le Roux de Lincy et L.-M. Tisserand, 1 vol. — Le Cabinet des manuscrits de la Bibliothèque impériale, par Léopold Delisle, 2 vol. — Topographie historique du vieux Paris, par feu A. Berty. Région du Louvre et des Tuileries, 2 vol. — Région du bourg Saint-Germain, 1 vol. — Les anciennes bibliothèques de Paris, par Alfred Franklin, 3 vol. — Étienne Marcel, prévôt des marchands de Paris, par F.-E. Perrens, 1 vol. — Les Jetons de l'échevinage parisien, documents pour servir à une histoire métallique du bureau de la ville et des diverses institutions parisiennes par feu A. d'Affry de la Monnoye, 1 vol. — Les Métiers et corporations de la ville de Paris. — XIIIe siècle, le livre des métiers d'Étienne Boileau, publié par René de Lespinasse et François Bonnardot, 1 vol. — Les Armoiries de la ville de Paris, sceaux, emblèmes, couleurs, devises, livrées et cérémonies publiques, etc., 2 vol.

430. Plan de Paris, levé et dessiné par Louis Bretez et gravé par Claude Lucas, sous les ordres de Michel-Étienne Turgot. *Paris,* 1740, gr. in-fol. v. antiq. marbr. dos et dent. sur les plats, fleurdelisé, tr. dor. (*Aux armes de la ville de Paris.*)

Plan de Paris en relief et gravé en 20 planches,

431. Dictionnaire administratif et historique des rues et monuments de Paris, par Félix et Louis Lazare. *Paris,* 1855, in-4, texte à 2 col. demirel. chagr. vert, tr. jasp.

432. Plan de la ville de Paris, avec sa nouvelle enceinte, levé géométriquement, par le citoyen Verniquet, parachevé en 1791, dessiné et gravé par les citoyens P.-F. Bartholomé et A.-J. Mathieu. In-fol. 72 planches, demi-rel. chagr. viol.

433. Itinéraire archéologique de Paris, par M. F. de Guilhermy. *Paris, Bance,* 1855, in-12, figures, demi-rel. v. f. tr. jasp.

Ouvrage illustré de 15 gravures sur acier et de 22 vignettes gravées sur bois d'après les dessins de Ch. Flichot.

434. Nouvelle Description de la ville de Paris et de

tout ce qu'elle contient de plus remarquable, par
Germain Brice. *A Paris, chez Julien-Michel
Gandouin*, 1725, 4 vol. in-12, figures, v. gr.

435. Description des festes données par la ville de
Paris, à l'occasion du mariage de Madame Louise-
Elisabeth de France et de Dom Philippe, infant
et grand amiral d'Espagne, les vingt-neuvième et
trentième août mil sept cent trente-neuf. *A Paris,
de l'imprimerie de P.-G. Le Mercier*, 1740, gr.
in-fol. figures, mar. rouge, dent. fleurdelysée sur
le plat avec armoiries de la ville de Paris, tr. dor.
(*Reliure ancienne.*)

Titre et 22 pages de texte; 12 grandes planches dessinées et gravées par
J. F. Blondel.

436. Précis historique sur les fêtes, les spectacles
et les réjouissances publiques, par Claude Ruggieri, artificier du Roi. *Paris, chez l'auteur*, 1830,
in-8, v. marbr. fil. tr. jasp.

437. Préfecture de la Seine. — Documents relatifs
à l'extension des limites de Paris. *Paris, Ch. de
Mourgues*, 1859, in-4, carte coloriée, demi-rel.
v. bleu.

438. Blois et ses environs. Troisième édition du
guide historique dans le Blésois, revue, corrigée,
augmentée et illustrée de 38 vignettes. *Blois et
Paris, Aubry*, 1866, pet. in-8, figures, papier
vergé teinté à l'antique, demi-rel. chagr. rouge,
tête dor. n. rog.

Envoi signé de M. L. de La Saussaye à M. Viollet-le-Duc.

439. Cluny. — La ville et l'abbaye, par A. Penjon.
Cluny, Ve Félix, 1872, in-12, plan, demi-rel. v.
f. tr. jasp.

440. Le Mont Saint-Michel en poche, guide du visi-
teur, du touriste et du pèlerin, par Victor-Désiré-
Jacques (de Genets). *Avranches, Henri Gibert*,
1877, in-12, plan, demi-rel. v. vert, tr. jasp.

441. Lettres sur la Sicile à propos des évènements de juin et de juillet 1860, par M. Viollet-le-Duc. *Paris, B. Bance fils,* 1860, in-8, figures dans le texte, demi-rel. v. f. tr. jasp.

---

442. Les Découvertes de l'égyptologie française, par Ernest Desjardins. *Paris, Imprimerie de J. Claye,* 1874, in-8 de 47 pp. demi-rel. v. f. tr. jasp.

Extrait de la *Revue des Deux-Mondes.*

443. Les Antiquités inédites de l'Attique, contenant les restes d'architecture d'Éleusis, de Rhamnus, de Sunium et de Thoricus, par la Société des dilettanti. Ouvrage traduit de l'anglais, augmenté de notes et de plusieurs dessins, par J.-J. Hittorff, architecte. *A Paris, Firmin-Didot frères,* 1832, in-fol. nombr. planch. gravées, montées sur onglet, demi-rel. mar. la Vall. tête dor. ébarb.

444. Manuel d'archéologie religieuse, civile et militaire, par l'abbé J. Oudin. *Paris, Jacq. Lecoffre,* 1873, in-8, figures, demi-rel. v. gr. tr. peign.

445. Répertoire archéologique de la France, publié par ordre du Ministre de l'Instruction publique, etc. *Paris, Imprimerie impériale et nationale,* 1862-75, 7 vol. in-4, demi-rel. v. f. tr. peign.

Répertoire archéologique du département de l'Oise, par E.-M. Woillez. — Du Morbihan, par M. Zesenzweig. — Du Tarn, par Hipp. Crozes. — De l'Yonne, par M. Max Quantin. — De l'Aube, par M. d'Arbois de Jubainville. — De la Seine-Inférieure, par M. l'abbé Cochet. — De la Nièvre, par M. le comte de Soultrait.

446. Inscriptions de la France du ve siècle au xviiie, recueillies et publiées par M. F. de Guilhermy. *Paris, Imprimerie nationale,* 1873-79, 4 vol. in-4, cart.

De la collection des *Documents inédits sur l'histoire de France.*

447. Description générale des monnaies antiques de l'Espagne, par Aloïss Heiss. *Paris, Imprimerie*

nationale, 1870, fort vol. in-4, avec 68 planches gravées de médailles. — Description générale des monnaies des rois wisigoths d'Espagne (par le même). *Paris, Impr. nationale*, 1872, in-4, avec 13 planches de médailles. Ens. 2 vol. brochés.

448. De l'Organisation des bibliothèques dans Paris, par le comte de Laborde. Quatrième lettre. — Le Palais Mazarin et les habitations de ville et de campagne au XVII° siècle. *Paris, A. Franck*, 1845, gr. in-8, figures, demi-rel. v. rose, tr. jasp.

449. Catalogue méthodique de la Bibliothèque de l'École nationale des Beaux-Arts, par Ern. Vinet. *Paris, École des Beaux-Arts*, 1873, gr. in-8, demi-rel. v. olive.

450. Catalogue de la Bibliothèque de la commission des monuments historiques. *Paris, Direction des Beaux-Arts*, 1875. — De la Responsabilité de l'architecte et de la responsabilité de l'entrepreneur, par M. Henry Ravon. *Paris, V° A. Morel*, S. d., in-8. Ens. 2 ouvr. en 1 vol. demi-rel. v. f.

451. Catalogue des livres en petit nombre composant la bibliothèque de M. Vivenel, architecte. *Paris, J. Techener*, 1844, in-8, figures, demi-rel. v. bleu, dos orn. tête dor. ébarb.
Exemplaire sur PAPIER DE HOLLANDE.

452. Catalogue des livres rares et précieux, composant la bibliothèque de M. E.-F.-D. Ruggieri. *Paris, Adolphe Labitte*, 1873, in-8, demi-rel. mar. brun, dos orn. tr. roug.
Exemplaire avec le prix d'adjudication mis à l'encre.

453. Catalogue des livres composant la bibliothèque de feu M. E. Viollet-le-Duc, architecte. *Paris, Adolphe Labitte*, 1880, in-8, demi-rel. mar. grenat, dos orn. tête dor. ébarb.
Exemplaire sur PAPIER DE HOLLANDE.

454. Encyclopédie moderne, dictionnaire abrégé des sciences, des lettres, des arts, de l'industrie, de l'agriculture et du commerce ; nouvelle édition entièrement refondue et augmentée de près du double, publiée par MM. Firmin-Didot frères, sous la direction de M. Léon Renier. *Paris, Firmin-Didot frères*, 1846-51, 27 vol. in-8 de texte et 3 vol. d'atlas en feuilles. Ensemble 30 vol. br.

GRAVURES

455. Gravures anciennes, détails de cheminées, Arcs de triomphe de Marot, le Pont Notre-Dame, Mausolées ; environ 40 pièces dans un carton.

456. Plafonds de Cotelle ; environ 20 pièces dans un carton.

457. Portiques, chapelles, etc.; environ 30 pièces dans un carton.

458. Perelle, Vues de Paris et de ses environs ; environ 300 pièces dans un carton.

459. Gravures et dessins ; 25 pièces in-fol.

460. L'Ascension de Notre-Seigneur, du Pérugin ; 12 pièces in-fol. et texte.

461. Collection de gravures d'après les principales peintures exécutées dans les édifices municipaux et départementaux ; 4 livr. gr. in-fol.

TABLE DES DIVISIONS

ARCHITECTURE.

ORDRE DES VACATIONS

—

Première vacation : *mardi* 8 *novembre* 1881.   N^{os}   1 à 171.
Deuxième vacation : *mercredi* 9   —   172 à 331.
Troisième vacation : *jeudi* 10   —   332 à 461.

Livres en lots

CONDITIONS DE LA VENTE

—

La vente se fait expressément au comptant. Les acquéreurs payeront 5 p. 100 en sus des enchères, applicables aux frais.

Les articles de chaque vacation seront exposés de 1 à 2 heures, avant la vente.

On commencera à 2 heures précises. Les articles devront être collationnés dans la salle de vente et dans les vingt-quatre heures de l'adjudication. Passé ce délai, ils ne seront repris pour aucune cause.

M. Adolphe Labitte, chargé de la vente, remplira les commissions des personnes qui ne pourraient y assister.

Paris. — Typ. G. Chamerot, 19, rue des Saints-Pères. — 11604.

ALBUM DU XVᵉ SIÈCLE

CHOIX

DE

PEINTURES DE POMPÉÏ

Lithographiées en couleurs

Par M. ROUX

Et accompagnées d'une explication

Par Raoul ROCHETTE

RED. :

19

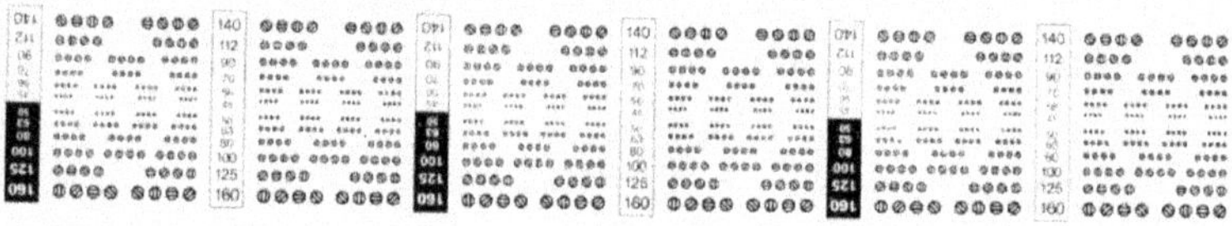

MIRE ISO N° 1
NF Z 43-007
AFNOR
Cedex 7 - 92080 PARIS-LA-DÉFENSE

graphicom

0 1 2 3 4 5 6 7 8 9 10

www.ingramcontent.com/pod-product-compliance
Ingram Content Group UK Ltd.
Pitfield, Milton Keynes, MK11 3LW, UK
UKHW031829170726
13836UKWH00004B/1576